ハーレクイン文庫

あなたに言えたら

ステファニー・ハワード

杉　和恵 訳

JN042539

HARLEQUIN BUNKO

NO GOING BACK

by Stephanie Howard

Published by Harlequin Japan, a Division of K.K. HarperCollins Japan, 2023

あなたに言えたら

◆主要登場人物

ローラ・ミスキン……………インテリア・デザイナー。
ベル……………………………ローラの娘。
ファルコ・ロス………………ローラの元恋人。美術商。
オスカー・ロス………………ファルコの父親。
ジャニーヌ・カーティス……オスカーの元愛人。

1

足を踏み入れた部屋には夏の強い陽光があふれていた。一瞬ローラは目がくらみ、立ち止まってまばたきしたが、大きな張り出し窓の前でこちらに背を向けて立っている人影がどうにか見えただけだ。

長身でがっしりした体格の黒髪の男性で、明るい色合いのズボンとシャツを身に着けている。窓の向こうには、砕けた青いサファイアのような地中海がはるか水平線まで広がり、彼はその光景にすっかり気をとられているようだ。

「ローラ・ミスキンです。何かお話があるというのでうかがいました」

ローラは広い背中に向かって声をかけた。彼女が部屋に入ってきた音が聞こえなかったのだろうか。あわただしく案内される前に、せめてこれから会う人物の名前だけでも聞いておくべきだった。窓から差し込む日光の中でくっきりとしたシルエットを浮かび上がらせている男の姿に、なぜかローラは不吉なものを感じた。

男は何も言わない。聞こえなかったのかもしれない。ローラは一歩前に踏み出して軽く咳《せき》払いをした。沈黙を守っていても、男は非常に強い力のオーラを発散している。

男がいきなり答えたので、ローラはびっくりした。

「そのとおりだ。君と話したい」

男はまだ動かず口調も穏やかだったが、ローラはその声を聞いてはっとした。悪い冗談だ。でも確かに、その深い豊かな声には聞き覚えがあった。

そんなことはありえない。強い日差しに目をこらしながら、ローラは自分に言い聞かせた。聞こえたと思った声は過去のものだ。はるか昔に忘れ去ってしまった過去の声だ。

まだ背中を向けたまま、男が言った。「こんなに急に呼び立てて申しわけない。旅は快適で何も問題はなかっただろうね？」

快適で何も問題はなかった。どんより曇ったロンドンから夏の日光があふれるナポリまでの飛行はゆったりとして順調で、ナポリからこの目的地、アルバ島までのフェリーも同様だった。

しかしローラは男の質問に答えることができなかった。悪夢のような疑惑にとらえられ、ローラは男の姿を凝視した。その声が耳に反響している。

そして、ゆっくりと男が顔を向けたとき、ローラの足もとがぐらっと揺れた。

ローラの目をのぞき込む黒い瞳。冬の海のように冷たいその目はファルコ・ロスの目だった。最も恐れていたことが現実になってしまった。

ファルコの唇に冷たい笑みが浮かぶ。

「僕の別荘にようこそ」

ローラは何も言えなかった。言葉が出てこない。全身の筋肉が突然石のようにこわばってしまった。

ファルコはローラをじっと見つめ、冷たくほほ笑みながら言った。「真っ青じゃないか。驚かしたのなら申しわけない。君は自分の新しい雇主が誰か、本当に知らなかったようだな」

ファルコのからかうような傲慢《ごうまん》な口調を耳にすると、茫然《ぼうぜん》としていたローラははっと我に返った。もちろんショックだった——ファルコの思惑どおりに！　彼はローラが真っ青になるだけでなく気絶して倒れでもしたら、もっと喜んだことだろう。

ローラは背筋をすっと伸ばし、苦笑を浮かべて、とりあえず肝心な点について訂正した。「何か誤解していらっしゃるようだわ。あなたは私の雇主にはなれません。せいぜい有望な顧客といったところかしら」

「顧客。そう、君の言うとおりだ」

ファルコは鋭く射るようなまなざしを向けた。「いつも、それが僕には問題だった……僕たちの関係がどういうものか理解することがね」

それを聞いて、ローラの胸は締めつけられた。ファルコが何を言いたいのか、よくわかったのだ。彼がローラをどういう罪で非難しているか、よくわかっていた。そして、そんなことを信じる彼を、ローラは憎み、軽蔑《けいべつ》していた。

「私も同じ問題に悩まされたわ――私たちの関係を理解するという問題に」なんとか冷静を装って答えると、さらに侮蔑を込めてつけ加えた。「すべてまったくの時間のむだだということにもっと早く気づけばよかったわ。だって、はっきり言えば、私たちの関係なんて理解するだけの値打ちもなかったんですもの」

「うまいことを言うじゃないか。まったくの時間のむだか。しかし、少なくとも君はいくらかの代償を手に入れたわけだ」

「そうね、ありがたいことに」

胸の奥で揺らぐ感情を押し隠し、ローラの声は驚くほどしっかりしていた。確かに代償はあった。計り知れないくらい貴重な代償が。しかしファルコはそれを知らないはずだ。彼がほのめかしているのはそのことではない。

ファルコが言っているのは、ローラの人格をおとしめるような恥ずべき貪欲《どんよく》の罪のことだ。でも、好きなように信じさせておけばいい。そんな話を信じるのは、彼がそれだけの人間でしかないということなのだから。

ローラは作り笑いをした。「そんなことはどうでもいいわ。でも、昔の経緯《いきさつ》を考えると、まず今の状況をはっきりさせておくほうがいいようね。つまり、今のあなたは私にとっては顧客になるかもしれない人物で、私はあなたが依頼したいと思っているインテリアデザイナーだわ」

ローラが話している間にファルコが窓から離れたので、強い日光に邪魔されずにはっきりと彼の姿が見えるようになった。

その彫りの深い顔立ち、黒く輝く瞳や官能的な唇を見つめていると、ローラの胸は痛んだ。かつて、そのハンサムな顔をどれほど愛したことだろう。まなざしと唇で、ローラはファルコの顔にあふれるほどの愛を注いだものだ。その顔は、彼女にとっては全世界を照らす太陽だった。そしてローラは信じていた――ファルコがそう言ったから、彼もまた同じように自分を愛してくれているのだと。

あの苦しみが、あの狂おしい感情がよみがえってきた。三年前、ローラは残酷な真実に直面しなくてはならなかった。彼女が愛だと信じていたものは、価値のないむなしい嘘《うそ》でしかなかったのだ。

ファルコもローラを見つめていた。彼女のシンプルでエレガントな服――白のタイトスカートとオリーブ色の半袖《はんそで》のシャツを眺めている。

「君はあまり変わっていないな。相変わらずきれいだ」

ファルコは、ローラのほんのりと赤みの差した象牙色《ぞうげいろ》の肌、大きなブルーの瞳、柔らかな曲線を描く唇にさっと目を走らせると、その黒い目を細めた。「でも髪型を変えたね。

残念だ。僕はもっと長いのが好きだった」

「そう？　残念ね。私は短いのが好きなの」

ローラは勝ち誇ったようにボブヘアの頭をそびやかした。長い金髪――背中まで流れ落ちるローラの豊かな金色の髪を、ファルコはいとしげに指ですいたものだ。その髪を切ったのは、自分に自由を宣言する意図的で象徴的な行為だった。三年前、最後の悲惨な出会いの翌日、ローラは美容院へ行って長い髪をためらいもなくばっさりと切り捨ててもらった。絹糸の束のように床に落ちていく髪を見ながら、自分の心からファルコを永遠に締め出すと誓ったのだ。

簡単なことではなかった。苦しみで死ぬような思いをした。それでもとうとう、ローラは精神力と強い意志でその苦しみを乗り切った。

ところが今、ここに立って、ファルコの暗い視線を受け止めていると、昔の苦しい思い出が一度に押し寄せてきた。一瞬、ローラは思わず苦痛の叫びをもらしそうになった。

ローラは感情を押し殺した。臆病《おくびょう》で芝居じみたまねだ。ファルコにそんな苦しみを感じる必要はない。彼にふさわしいのは、そっけない無関心だけだ。

ファルコのダイヤモンドのように硬い視線がローラの心の奥の凍った部分にしみ通っていく。ファルコのせいで永遠に凍りついてしまった心の片隅に。

「ここにいるのは、私の髪型の話をするためではないでしょう。なんのためにここにいるのか、話してくださってもいいんじゃないかしら？」

「僕のローラ、そんなことはわかっているはずだ。君に依頼した仕事について話し合うためさ。君はこの別荘のインテリアを引き受けてくれたんだろう」

「引き受けるかもしれないということだわ」ローラは言い返した。「それに私はあなたのローラじゃないわ。だからそんな呼び方はしないで」

「どんな呼び方がいいんだい？　ミス・ミスキン？　そんな呼び方をするには、僕たちの関係は少し深すぎているんじゃないかな？」

　脳裏をよぎった思い出にローラは顔を赤らめた。ファルコの体の熱い感触。頬が染まるのを抑えるのはむずかしかった。確かに、二人はかつてとても親密な関係だった。

　ローラは胸の鼓動を静めた。「ただローラでいいわ。見せかけだけの親しさは結構よ」

「そういうことなら僕も自制しよう。もう僕たちの間には見せかけだけは充分すぎるほどあるからね」

「私もそう思うわ。でも、あなたには充分すぎるということはないようだけれど」

「どういうことかな？」

「私をここに呼び寄せたやり方のことよ。正確に言えば、詐欺まがいに、ということかしら」

　ファルコの視線は少しも動かない。わざとらしい無邪気な口調の問いかけが返ってきた。

「どういう意味かな?」

「この別荘があなたのものだと知っていたら、私は決してこの仕事を引き受けなかったという意味よ。こうして、はるばるイタリアまでやってくることもなかったでしょうから、あなたが私の航空運賃などでむだな出費をすることもなかったはずよ。言うまでもないけれど、私はこの仕事はお断りするわ」

「そんなことはできない。君は引き受けたんだから。僕のローラ、すでに契約はすんでいる」

「キャンセルするわ」ローラはもう少しで当てつけに〝私のファルコ〟と言いそうになった。でもその言葉は喉につかえて出てこなかった。

それほど昔でもないあのころ、それは本当に意味のある言葉だった。ファルコは本当にいとしい人だった。そして、今でもローラはあのころの自分の狂おしい思慕をあざける気にはなれない。

「残念だけれど、別のインテリアデザイナーを探していただくしかないわ」ローラは言った。

「プロらしからぬ言葉だな」

「プロらしからぬ? 冗談でしょう! プロらしくないというなら、それはあなたのことだわ! 大事な情報を私に伝えなかったんだから。あなたは私をだましてここに呼びつけたのよ！」

ローラは怒りを込めた口調で、突然襲ってきた混乱の波を押し返した。ファルコはなぜ私を呼び寄せたのかしら？　どうして、だましてまで？　まさか、私の秘密に気づいたとでも？

ローラはファルコを見つめて答えを探したがむだだった。「でもこれだけは言っておくわよ。私をだましてここにとどめておくことはできないわ！」

ファルコは黙っていたが、目は笑っている。「まあ、座って楽にしたらどうだい？　一杯飲むくらいはいいだろう？」

ローラは硬い笑みを浮かべた。ファルコはいつも冗談がうまかった。かつての二人の関係も、最後の決定的な別れの言葉までファルコのおおがかりな冗談だったのだろうか？

ローラはそっけなく答えた。「ええ、一杯飲むくらいなら、あなたにごちそうになってもいいわね」そして気持とはうらはらの落ち着いた様子で、近くの椅子に腰を下ろした。

「オレンジジュースをいただくわ、お手数でなければ」

「かまわないよ」ファルコはサイドボードに近づいて壁に取りつけてあるベルを押した。

「家政婦のアンナが、すぐに注文をききに来る」

ローラは思わず笑い声をあげた。「当然、家政婦がいるのよね！　あなたはいつだって自分の世話をしてくれる人を見つけるのが上手だったもの」

「無料では何もしてくれない。僕はいい給料を払っているからね」

一瞬、ファルコは真顔になった。「充分な金を払えば人はなんでもする。君なら当然知っているはずだ」

ローラは過去に対するファルコの当てこすりにこぶしを握り締めた。だが、その非難を否定はしなかった。逆に挑発するような口調で応じた。「それが世間というものだわ。ほんのわずかよね、ポケットのお金より価値があるものなんて」

ファルコはサイドボードのそばに立ったまま、眉を寄せて、じっと探るような視線をローラに向けた。「君が去ったときには、ポケットはあふれていたんだろうな。大金を手に入れたんだから」

「私は取り引きに強いのよ。あなたのお父様に財力があるのはわかっていたし。私を追い払えるなら、いくらでも払う気だともわかっていたわ」

「いくらか慰めにはなるな。少なくとも、君ははした金のために僕を裏切ったわけじゃないんだ」

家政婦が姿を現し、ファルコの容赦ない視線を避けることができてローラはほっとした。心臓が激しく鼓動し、呼吸も乱れている。

結局ファルコにとって大事なのは、それなのだ。三年前にローラが相当な額のお金のために二人の関係を捨てたのだと信じれば、いくらかでも彼のプライドが救われる。ファルコが苦しんでいるのは自分のプライドのためだけなのだ。ローラの裏切りは彼の心を傷つけはしなかったのだろう。

ファルコが小柄で黒髪のにこやかな家政婦のアンナとイタリア語で話しているのを、ローラは眺めていた。

ファルコは三年前とほとんど変わっていない。黒い髪が少し短くなり、顔つきが鋭くなってはいるが、自信たっぷりな雰囲気は同じだ。あのころ、その自信が自分以外の誰にも心を許さない非情さから発しているのだと気づくまで、ローラはファルコの雰囲気に魅せられていた。

アンナが行ってしまうと、ローラは追憶を振り払い、感心した口調でさりげなく話しかけた。「イタリア語をマスターしたようね」

それは話題を変えるためのお世辞だった。過去を話題にするのは、ローラにとっては苦痛であると同時に脅威だった。昔のことを話していたら、どんな結果になるか想像もつかないからだ。

ファルコはローラの意図に気づいたらしい。彼がこちらを見つめたとき、ローラは無難な話題に変えようとするのを邪魔するつもりなのかと思った。

しかし、ファルコはほほ笑みながら言った。「まだ完全とは言えない。努力はしているけれど。イタリア語は美しい言葉だからね」

ローラは少し気をゆるめた。「ずっと勉強していらっしゃるの?」

「ここ数年、少しずつね。イタリアでの休暇はいつも楽しかったから、ここに落ち着ける家を持つことにしたんだ」

「本当にすてきな家だわ」

ローラはすばやくあたりを見回した。彼の別荘は改装が必要ではあったが、美しい建物だった。

「この家は、家具やそのほかのものも含めて買った――大部分のものは処分するつもりだが。ほかの者なら利用法を見つけるだろう」

「ほかの?」ローラは眉を上げた。「ここに住んでいる人がほかにもいるの?」

「この家じゃない。島のあちこちにね。僕はこの家だけじゃなくて、島全体を買ったんだ。僕のほかに五十人くらいの島民がいる」

ローラは眉を上げたまま言った。「そうなの。きっと電気工事産業は景気がいいのね」

ファルコの父親が経営する会社に対するローラの痛烈な当てこすりを彼は黙ってやり過ごした。ローラの向かい側の椅子に腰を下ろすと、ファルコは何ごともなかったように話を続けた。「イタリア語はむずかしくない。ここにいる間に、君もかなり話せるようになるだろう」

「ここにいられればね。でも、さっきも言ったように、私はここには滞在しないわ」

「しかし僕が言ったように、契約がある」

「だまされて交わした契約だから、私に守る義務はないわ」

ローラは椅子に深く座り直して内心の動揺を押し隠し、目を細めてファルコを見つめた。彼は私の秘密を知っているのだろうか？

「ふしぎだわ。あなたがこの私に改装を頼んだり、だましてまでここに呼び寄せたりするなんて」

「僕が君をだまして呼び寄せたと、誰が言ったんだい？」

ファルコが椅子の背にもたれると、淡いブルーのダマスク織の生地に映えて髪がいっそう黒く見えた。脚を組みながら、彼はさらに問いかける。「家の改装のために君を選んだのが僕だなんて、誰が言ったのかな？」

「誰も」ローラは単にそう思い込んでいただけだった。自分の誤解かもしれないと思うと、急に元気が出てきた。「私を選んだのは、あなたのガールフレンドだっていうの？　偶然があるのはわかるけれど、それにしても少しできすぎじゃないかしら？」

「なぜだい？　君は今ではロンドンでもトップクラスのインテリアデザイナーだ。誰かに家の改装を頼みたくてロンドンに行った者が、君を選ぶ確率はかなり高いだろう」

ローラはその言葉を信じたかったが、いささか見え透いたお世辞に聞こえた。「そういうこともあるかもしれないけれど、やっぱり不自然すぎるわ」

「そういう偶然もあるさ。人生は偶然に満ちているよ」ファルコは目を細めた。「それに、僕がわざわざ君を選ぶ特別な理由でもあるのかな?」

ローラはどきっとした。ファルコは単に否定しているだけなのか、それとも実際には相応の理由があると警告しているのだろうか? しかもローラが恐れている理由で。

ローラは深く息を吸って、気持を落ち着けようとした。ファルコは単に否定しているだけだと考えて行動すべきだ。さもないとひどく取り乱して、自分で自分を裏切ってしまうことにもなりかねない。

「わかったわ。偶然だと考えましょう。あなたはガールフレンドをロンドンにやってインテリアデザイナーを探させた。そして彼女は私を見つけた」ローラは椅子から身を乗り出して、ファルコの目を見つめた。「だったら、彼女が誰を見つけたか話したとき、あなたはなぜほかの人間にするように指示しなかったの? 私を選んで、あなたが喜ぶはずがないわ」

「たまたま僕に連絡が取れないまま契約を交わしてしまった。僕が知ったときには、もう君はイタリアに向かっていた。そういうこともありうるだろう?」

ローラは顔をしかめた。ごくわずかだがそういう可能性もある。契約はひどくあわただしかった。快活な赤毛のジャニーヌ・カーティスと初めて会ってから、一日足らずで契約を交わしたのだ。そしてローラは二日後にはアルバに向かっていた。別荘を二週間ほど下見するためで、ジャニーヌがどうしてもそうしてほしいと要求したからだ。

ローラは緊張をゆるめたが、まだかすかな疑惑が残っていた。「ジャニーヌはどうして一度もあなたの名前を出さなかったのかしら？　彼女の話しぶりから、私は当然この別荘は彼女のものだと思い込んでいたわ」

ファルコは屈託のない笑みを浮かべた。「ジャニーヌはごまかすつもりじゃなかったと思う。でも君にもわかるだろう。ジャニーヌには、この別荘が自分のものみたいに思えるんじゃないかな」

そうかもしれない。ローラは椅子に深くもたれてファルコを見つめた。困惑しながら、ふいにジャニーヌに対する同情に胸を突かれた。かつてはローラも無邪気に、自分とファルコの未来は分かちがたく結びついていると信じていた。ジャニーヌが強運に恵まれることを祈った。ファルコのような男と一緒なら、いずれそれが必要になる。

ローラはまだ追及をやめなかった。

「私がここに着いたときも、ジャニーヌはあなたのことを言わなかったわ。名前さえも。ただ別荘の持ち主が私と話したがっているとだけ告げて、ほとんどこの部屋に押しやるようだった」

「それはジャニーヌの失態だ。代わりに僕から謝るよ。でも、彼女にあまり厳しくしないでくれないか。ジャニーヌは普通の女性なんだ」

それを聞いて、ローラは思い当たることがあった。お金をかけた髪型や服装はしていても、確かにジャニーヌは平凡な印象の女性だった。年齢はローラと同じ二十代の半ばで、男たちの目を引きつけるような魅力がある。ローラはジャニーヌに好感を抱いたが、彼女の自信のなさや不安げな態度、社交的な洗練さに欠けていることは見抜いていた。

ローラは胸のうちで苦笑した。そんなことが言えた立場ではない。かつてはローラもジャニーヌと同じように、社交的に洗練された雰囲気とは無縁だった。最初は彼女も普通の女性だった。ファルコと知り合ったことで、そして仕事で裕福な階級の人たちとつき合ったおかげで、ローラは徐々に洗練されていったにすぎないのだ。

ジャニーヌもファルコに教えられて、やがて洗練されていくだろう。彼は自分の恋人に磨きをかけるのが好きな人間なのだ。

ローラは奇妙な感情に襲われた。あのころ、ファルコはローラにとって『マイ・フェア・レディー』のヒギンズ教授のような存在だった。彼はさまざまなことを教え、ローラは熱心に学んだ。ファルコが面白がっているだけだとは考えもせず、気づいたときは遅すぎたのだ。

ドアが開き、アンナがオレンジジュースの入った大きな水差しとグラス、おいしそうなケーキののったトレイを持って入ってきた。

アンナはコーヒーテーブルにトレイを置き、グラスの縁までオレンジジュースを注《つ》いだ。

ファルコがありがとうと言うと、にこやかな笑みで応《こた》えて部屋から出ていった。

グラスに手を伸ばして冷たいジュースを一口飲んだとき、ローラはふいに気になった。

「ジャニーヌはどこなの？　どうして一緒に仕事の話をしないのかしら？　だって、私をここに連れてきたのはジャニーヌの意思なんでしょう」

「泳ぎに行ったんじゃないかな。お茶の時間まではたいていそうだ」ファルコはケーキを一つ取ってから皿をローラの方に押しやった。「食べてごらん。とてもおいしいよ」

「この仕事を引き受けられなくて申しわけないと、あなたからジャニーヌに伝えてほしいわ」

ローラは小さなチョコレートケーキを口に入れた。ファルコの言うとおり、とてもおいしかった。

「じゃあ、本当にここにいる気はないんだね」

「ええ、もう決めたわ」

「残念だな」

「そう思うのは今だけよ。ジャニーヌがすぐにほかの人を見つけるでしょう」

ローラはほっとしていた。ファルコは解放してくれそうだ。つまり、この不運な再会は偶然で、ファルコは私の秘密にはまったく気づいていないということになる。

ローラは明るい口調で言った。「優れたインテリアデザイナーは大勢いるわ」

「そうだな。でも、君がこの契約をどんなふうに破ったか僕から聞いたら、ほかのデザイナーたちはどう思うだろう？」

ローラはまじまじとファルコを見つめた。「そんなやり方はフェアじゃないわ。破るには、それなりの理由があったのよ。私たちの関係や、お互いにどれほど嫌っているか考えれば、私がこの仕事をするのはばかげているわ」

ローラの言葉など耳に入らないかのように、ファルコはジュースを飲み、ケーキを食べた。「たぶんなんとか来週にはロンドンに行けるだろう。今度はジャニーヌには行かせない。自分で行くつもりだ」

ファルコはローラに射るような視線を向けた。「この厄介ごとの埋め合わせに、僕は君の同僚に、君がいかにプロ意識に欠けているか説明しようと思う」ファルコはほほ笑んだ。

「過去の個人的な関係が契約破棄の正当な理由になるなんて、そんな時代遅れの考え方に、いったい誰が賛同するだろう。しかも、とっくの昔に終わってしまった関係なんだからね」

ローラはファルコの顔を凝視した。「本気じゃないわよね？」突然、心臓の鼓動が速まった。

ファルコは冷ややかな笑みを返した。「ああ、もちろん本気さ。君が僕を厄介な目に遭わせるなら、僕も同じことをする。君はそんなやり方は気に入らないかもしれないが」

ローラは無言で頭を振った。ファルコは自分が何を言っているかわかっていないのだ。ローラの胸に吹き荒れる恐怖の嵐《あらし》に気づいてもいない。ローラは、プロ意識の欠如について同僚に話すというファルコの脅しが怖いのではなかった。

それよりはるかに恐ろしいことのせいでおびえていた。ファルコがロンドンにいるローラの仕事仲間と話をしたら、遅かれ早かれ、彼女の秘密に気づいてしまうだろう。ローラが彼には決して知らせないと誓ったあの秘密に。

ローラは一瞬目を伏せた。選択の余地はない。ローラは蒼白《そうはく》になった顔を上げ、血の気の失《う》せた唇を開いた。

「わかったわ。あなたの勝ちよ。ここに滞在して、仕事をするわ」

2

しばらく無言のまま、ファルコはローラを見つめていた。それから椅子にもたれかかって言った。「賢明な決断だ。君にも僕にも好都合なやり方だよ。わかってもらえてうれしい」

ローラはかたくなに押し黙っていた。火あぶりから逃れて、流砂に落ち込んでしまったようなものだ。ファルコの仕事を引き受けて何ごともなくすむだろうか。考えただけで、背筋が寒くなった。

暗い探るような視線をローラの顔にすえたまま、ファルコはさりげなく言った。「率直に言って、どうして君がそんなに大騒ぎをするのかわからないな。僕が別荘の改装を君に依頼したからといって、特に困ることはないだろう」

ローラは大きく息を吸って気持を落ち着けた。「困らないわ。ただ、こんな事情では私は適任ではないと思っただけよ。ちょっと分別がなさすぎる気がしたの」

「分別がなさすぎる？　わからないな」ファルコはローラの困惑を楽しんでいる。「僕たちはそれぞれ自立した大人だろう。今の関係は純粋に仕事上のものだ」

それ以上のものであるはずがないわ！　ローラは冷ややかな目でファルコをにらんだ。「私は、どんな関係であれ、あなたといっさいかかわりたくなかったの」ローラは感情の乱れを抑え切れず口走った。「はっきり言うと、あなたには二度と会いたくなかったわ！」

「どうしてだい、何か問題があるのかな？」

「何もないわ」

「君には処理できないことかい？」

「もちろん、できるわ」そう言いながらもローラの顔はさっと紅潮した。整理のつかない感情がふいに胸に込み上げてきた。ローラはむりやりファルコを見つめ、繰り返した。

「自分で処理できるわ」

ファルコの唇にからかうような冷笑が浮かんだ。ローラの言葉などまったく信じていないのだ。

「君が約束を守ってくれるのを祈るよ。君が気持を変えたらなんにもならない」

「そんなことはしないわ。仕事を引き受けると言ったでしょう。一度約束したら、それを破ったりしません」

それを聞いて、ファルコは侮蔑《ぶべつ》するような険しい顔でほほ笑んだ。「仕事に関してはだろう。私生活では、お互いによくわかっていることだが、君はそれほど誠意のあるほうじゃない」

ローラは聞き流そうとしながらも、胸に鋭い痛みが走るのはどうすることもできなかった。ファルコの非難は不当なものだが、彼はそれをずっと信じているのだろう。いかにもファルコらしい。それは以前からわかっていた。

ローラは気持を静めるように息を吸い込んだ。だったら、そう信じさせておけばいい。ファルコが何を信じようと、どうでもいいことだ。

ローラは冷静に答えた。「ええ、仕事に関しては。さっきあなたが遠回しな言い方で指摘したとおり、私たちの関係は仕事だけのものだわ」

「そういうことだ」ファルコは荒々しい目つきで彼女をにらんだ。「せめて仕事では、君がほかの領域で示したよりもう少し誠意のある態度を見せてくれると期待しているよ」ファルコは腕時計に目をやって、唐突に立ち上がった。「すまないがちょっと用事がある。アンナに君を部屋に案内するよう伝えておく」

そう言うと、ファルコは足早に部屋から出ていった。

敵意に満ちたやりとりから四時間以上が過ぎ、ローラは二階の自分の部屋でディナーのために着替えていた。今でも、ファルコと交わした言葉が頭の中にこだましている。

「ディナーは九時よ」ジャニーヌがローラの部屋に来てそう告げた。「正装は必要ないけれど、ファルコは時間にはうるさいわ」

八時を少し過ぎ、ローラはシャワーを浴びて髪を洗ったところだった。バスローブを着てドレッサーの前に座り、鏡に映る自分の姿をじっと見つめていた。

どうしてこんなひどい状況に巻き込まれてしまったのかしら？　どうしてこんな目に遭わなければいけないの？　精神的にまいったり混乱したりせずに、どうやって切り抜ければいいの？

ローラはため息をついた。もっと悪いことだって乗り越えてきた。そう自分に言い聞かせる。だから今度のことだって乗り切ってみせるわ！

ローラはこぶしを握り締め、このいまわしい取り決めを承諾するしかなかった理由を思い起こした。今の私には守らなくてはならないものがある。私にとってはかけがえのない貴重なものだ。それで秘密が守れるなら、ファルコとの約束は、ささやかな犠牲でしかない。

ローラは苦笑を浮かべた。ファルコは仕事上の評判を傷つけると脅して、彼女を屈伏させたと思っている。そう信じさせておけばいい。ファルコは何もわかっていない。ローラが彼の仕事をやりたがらないのは、まだ自分にいくらかでも未練がある証拠だと勘違いしていることも考えられる。

ファルコは信じているのだ。ローラが彼のために仕方なしに働けば、感情の乱れを抑え切れないのだと。まだ彼に思いを寄せていると思い込んでいるのだ。言葉に出さなくても、あのあざけるような目を見ればわかる。

なんてくだらない！　ローラはいらいらしてぱっと立ち上がった。ファルコはどうしてそんなつまらないことを考えるのかしら？

しかし腹を立てながらも、緊張と苦痛と悲しみの混じり合った意外な感情が胸に込み上げてきた。それは今日の午後、陽光があふれる居間でファルコが彼女に顔を向けたときに抱いた感情と同じものだった。

ローラは目を閉じて深く息を吸い込んだ。ファルコと不運な偶然で再会することがあっても、まさかこんな感情を抱くとは思ってもいなかった。感じるのは苦痛や悲しみではなく、冷淡な無関心であるべきなのに、そんなものはどこにもなかった。

何を期待していたの？　ローラは鏡に映る自分に険しい視線を投げた。今日の午後は、油断して過去の思いに引きずられてしまった。ファルコと最後に会ったときに抱いた感情が、あの耐えがたいほどの苦痛と胸がつぶれるような悲しみが、よみがえってきただけだ。

でもそれは残像のようなもので、実際にはなんの意味もない。本当に感じているのは、この三年間に心の中ではぐくんできた冷淡な無関心なのだ。

ローラは顔をしかめて固く決意した。この仕事を終えるまでに、私がファルコにどれほど無関心か思い知らせてやる。

ローラはため息をついて椅子に座り直し、鏡に映る自分にもう少し優しい目を向けた。もうファルコを愛していないのは確かだが、かつて愛したことまで自分を責める必要はない。ファルコに抱いたのは純粋で偽りのない愛情だ。青春時代の純真な愛だった……。

ローラがファルコと最初に会ったのはちょうど四年前——人生を決定づけてしまうようなふしぎな偶然のできごとだった。

ローラは二十一歳で、ソリハルに本社のあるロス工業で秘書として働いていた。その会社には彼女の父親も電気技師として二十五年間勤めていた。ローラより五歳年上のファルコは社長の一人息子で、当時は販売部門を担当していた。女性社員たちは誰もがファルコに熱い視線を注いでいた。

だがローラは違った。もちろんファルコの存在には気づいていた。ファルコ・ロスは、女性なら目を向けずにはいられないような男性だった。ハンサムで、魅力的で、エネルギッシュな男性だった。でも、ローラはほかの女性社員たちのように、彼を追いかけ回すようなことはしなかった。彼女はそんなタイプではなかったし、自分の夢があったからだ。

少なくとも、ローラがスウィングドアを通り抜けようとしてファルコにぶつかってしまった、あの運命的な出会いの日まではそうだった。

「申しわけない。僕がうっかりしていた」ファルコは笑みを浮かべて言うと、ローラが廊下にまき散らした書類を拾い集めるのに手を貸した。「もっと前をよく見て歩くべきだった」

「私こそうっかりして申しわけありません」ローラは膝をついて急いで書類をかき集めた。

「考えごとをして、ぼんやりしていたんです」

「だったら、僕たちは同じ悩みを抱えているわけだ。僕もいつもほかのことを考えて、心ここにあらずという状態になってしまう」

そのとき初めて、ローラは顔を上げてファルコの目を見つめた。あのときの衝撃をローラはいつまでも忘れることはないだろう。いきなり胃のあたりをつかまれたように、呼吸が止まった。一瞬、言葉さえも失った。

「大丈夫かい？」ファルコは思わず吸い込まれそうな黒い瞳で心配そうにまじまじと見つめた。「ぶつかったときにけがはなかったと思うけれど？」

「ええ、なんでもありません」ローラはさっと視線をそらした。「大丈夫です。なんともありませんから」奇妙なほど鼓動が速くなり、ローラはふらふらしながら立ち上がった。

「ありがとうございます」ファルコが拾い上げた書類を笑顔で差し出すと、ローラは礼を述べ、急いで廊下を立ち去った。

そのあとは一日中、ファルコのことが頭から離れなかった。いくら努力しても、ローラは彼の黒い瞳とうっとりするような笑顔を頭から締め出せなかった。

おかしな妄想を打ち消そうとやっきになっていたせいで、ローラは帰りのバスに乗り遅れ、家まで歩くはめになってしまった。五キロ歩くのも、頭を冷やすにはいいチャンスに思えた。

ところが運の悪いことに、ローラが歩き出すとすぐに、激しい雨が降り始めた。

「さあ、早く乗って。送っていくよ」

その声に振り向くと、ローラの視線は、なんとか忘れようとしていたあの黒い瞳に吸い込まれていった。ファルコが小さな銀色のスポーツカーの助手席のドアを開けて、ローラの方に身を乗り出していた。

「さあ、早く。何をぐずぐずしているんだ？　びしょぬれになってしまうぞ」

胃がきゅっと縮み、心臓が激しく打ち始めた。体がふらついて目の前がかすむ。なんとか口を開いた。「せっかくですけれど、送っていただかなくても結構です。歩きたいの」

「そんなことできるわけがないだろう！　今すぐ乗らないと、僕が引っ張り込むぞ」ファルコはふざけてしかりつけるように言った。

ファルコは笑みを浮かべていたが、ローラは彼が本気で言っているのがわかった。それに、なぜためらっているの？　本当はファルコの申し出を受けたくてたまらないのに。

ローラは脚の震えを抑えながら、車に乗り込んだ。「ご親切にありがとうございます」

ローラは車のドアを閉め、ファルコの顔をまともに見ることもできずバッグを握り締めた。

「それほど遠回りでないといいんですけれど。私の家はノースストリートの向こう側なんです」

「遠回りなんかじゃないさ」ファルコはギアを入れアクセルを強く踏んで車を急発進させると、ローラに笑いかけた。「こんな雨の中を傘もささずに歩くなんて、いったいどうしたんだい?」

ローラはどぎまぎして肩をすくめた。「歩き出したときには降っていなかったんです。いきなりどしゃぶりになるなんて予想できないでしょう?」

「ちょっと空を見上げればわかったんじゃないかな。そんなこと考えもしなかったんだろう?」

「ええ、考えませんでした」

「ぼんやりしていたのかな、さっきみたいに?」

「そんなところです」何を考えていたかファルコが知ったら! ローラは首筋が熱くなった。交差点を走り抜けたとき、ローラはファルコの顔を見て言った。「あなたもぼんやりしていらっしゃるのね! 道を間違えているわ!」

「そう? よかった。少しドライブができる」ファルコに見つめられるとローラの全身にとりはだが立った。「実際には三十分くらいのものだ。もし、君が急いで帰りたければ話は別だがね」

ローラは不安になった。「いいえ、そんなことはありません。でも……」

「でもはなしだ」ファルコは楽しそうにウインクした。「心配しなくていいよ、ローラ・ミスキン。君を誘拐するつもりはない。ちょっとおしゃべりしたいだけだ」

ファルコは彼女の名前を知っていた。ローラは有頂天になった。今日の午後、廊下でぶつかったあとで名前を調べたに違いない。

「君に異存はない？」

「おしゃべりに？　ええ、かまいませんけれど」胸の鼓動が恐ろしいほど速くなっている。

「どんなことを話したいんですか？」

「君のことさ、ローラ・ミスキン。君のすべてを話してほしい――ドアを通り抜けるときに人にぶつかったり、傘も持たずに豪雨の中を歩くはめになるような君の秘密の夢の世界のこともね」

ローラが当惑して目をそらすと、ファルコが手を伸ばしてそっと彼女の腕に触れたので、驚いて息が止まりそうになった。

「簡単なことから始めればいい。出身とか学校はどこか、兄弟や姉妹は何人か、父の会社に何年くらい勤めているのか……それから明日の夜ディナーに誘ったらオーケーしてくれるか、そんなことさ」

ローラは緊張が解けて笑い声をあげた。ファルコの快活な態度が移ってしまった。「最初にどの質問に答えればいいのかしら？」

「もちろん、最後の質問だ」

再びファルコに見つめられると、ローラは強烈な幸福感に包まれた。

「いいわ」そのとき、ローラの運命が決まった。

こうしてファルコとの恋が始まったのだ。ローラの人生で最初の、そしてただ一つの恋が。雨の中をファルコに車で送ってもらいながら、ローラにはそれが何か特別なことの始まりだとわかっていた。

二人の愛情は急速に深まっていったが、それもごく自然に感じられた。最初から他人のような気がしなかった。何かぴたりとくるものがあった。

本能的にお互いをわかり合うことができた。こうなる運命だったのだと、ローラは夢心地で思ったものだ。

それまで誰にも打ち明けなかった自分の夢を、ローラはファルコに話した。思ったとおり、彼はすぐに理解し、励ましてくれた。

「いつかきっとそうなるよ。一流のインテリアデザイナーになれる。君にはものを見る目が備わっているんだ。僕が保証するよ」

「本気でそう思う?」

「思うだけじゃない。わかっているんだ」

ファルコは言葉で励ますだけではなかった。ローラの誕生日に、一流のインテリアデザインの通信教育講座という最高のプレゼントをしてくれた。ローラはそれを夢にまで見ていたが、費用を負担できずにいたのだ。

それから二人はロンドンのオークションに出かけるようになった。ローラは、ファルコが美術品の収集にひそかに情熱を燃やしているのを知った。オークションの会場で、ローラは家具や磁器、ヴィクトリア朝のみごとな骨董品《こっとうひん》などについて、豊かな知識を吸収した。それまでたたいてみることとさえ考えなかったドアが、突然大きく開かれたのだ。

でもそんなことは、二人の間に起きた魔法のほんの一部でしかない。ローラの心を目覚めさせたのは二人が分かち合ったすばらしい愛だった。

ローラは最初に口づけを交わしたときのことをいつまでも忘れないだろう。ファルコが両腕をローラの腰に回して燃えるような目で見つめ、彼女が息をつめて顔を上げたとき、世界がぐらりと傾いた気さえした。あのときのことを思い出すと、何年もたった今でも胸がときめく。

それから、本当に愛を交わすときがやってきた。

そのころにはほんのわずかな時間でも離れられなくなっていた。だから、いずれそうなるのは二人ともわかっていた。心から望んでいたのに、それでもローラには大きな決意が必要だった。ファルコは初めての恋人だ。簡単に一線は越えられなかった。

実際には、それはローラの人生の中で最も美しい経験だった。

場所はファルコの部屋。料理の好きなファルコが夕食を作った。それからソファーでくつろぎ、互いの肩に腕を回しておしゃべりをしたり、笑ったり、キスを交わしたりしていた。

しばらくして、ローラは時計を見てつぶやいた。「もう帰らなくては」

友人と一緒に住んでいる寒い部屋に帰りたくない。そんな思いがローラの口調ににじんでいた。そのころにはファルコと離れるのが耐えられなくなっていた。彼も同じだと言っていた。

ファルコはそっとキスをした。「泊まってくれ。行かないで、ローラ」

ローラは息をのんだ。そんなことができるだろうか？　泊まればどうなるかはわかっていた。

ファルコはすぐにローラのためらいに気づいた。「君にいてほしい。僕を信じてくれ。いいかげんな気持だったら、こんなことは言わない……」ファルコはローラの頬をなでながら、じっと彼女の目を見ていた。「君を抱きたいなんて考えもしなかっただろう。君が僕の結婚したい女性だという確信がなかったら」

あまりの幸福感にローラは息もできなかった。

「愛しているよ」言葉もなく見つめているだけのローラにファルコがほほ笑んだ。「返事は今すぐでなくていい。ただ僕の気持をわかってほしい」

その忘れがたい夜、ローラの返事は決まっていたが、口には出せなかった。ファルコが言ったことの重大さがしっかりのみ込めなかったからだ。何度も夢に見たけれども、現実になると思ったことは決してなかった。

ローラはただこう答えた。「私も愛している。泊まるわ。本当にそうしたいの」

その決心をローラは悔いたことは一度もない。それからあとに起きたできごとも、すばらしく歓喜に満ちた最初の夜の思い出をけがしはしなかった。

自分の城に愛する乙女を連れ去る騎士のように、ファルコはローラをソファーから寝室に運んだ。ローラの緊張はすぐに解け、甘美な興奮に変わっていった。ファルコと愛を交わすのは、激しいほどに官能的な心躍る経験になるとわかっていたからだ。

それは想像していたよりはるかにすばらしかった。それまで閉ざされていたものが目覚めた。その経験はローラにまったく新しい感覚を見いださせ、二人が分かち合ってきた愛を完成し深めていった。

その夜、ファルコの隣に体を横たえて愛撫《あいぶ》を受けながら、ローラはこれで二人の関係がより密接なものになると考えていた。ファルコと永遠に結ばれたのだと感じていた。

その二カ月後のクリスマスに、ファルコとローラは婚約した。早すぎると言う友人たちもいた。ローラの母親はあせりすぎだと言った。結局、その忠告は当たっていた。その婚約は悲劇的な結末の始まりにすぎなかったのだ。

ローラは恋もいずれは終わるのだということを学んだ。ファルコは実際には誠実な婚約者ではなかった。しかし二人の破局を早めたのはファルコの父親だった。

父親のオスカー・ロスは冷酷なことで有名な人物だった。不幸にも、オスカーはローラが気に入らなかった。ある日、彼女をオフィスに呼びつけ、こう告げた。

「言っておくが、君が私の息子と結婚するのを許すつもりはない。ファルコには、他人の家を飾り立てるくらいしか能のないしがない秘書などではなく、もっとふさわしい相手がいる」

ローラがそのことを話すと、ファルコは激怒した。

「父の言うことなんか気にするな。父が僕の人生に口出しできた時代はとっくに終わったんだ」

ローラはファルコの言葉を聞いて安心した。ファルコが意志の強い、独立心にあふれた男性であるのは知っていたからだ。だがローラには、ファルコと父親の複雑な関係をすっかり理解することはできなかった。

ファルコと父親の間にはいさかいが多く、とげとげしい関係のようでいながら、心の底では深い絆《きずな》で結ばれていた。ローラは、ファルコが父親とよく口論するのは知っていたが、同時に父親に対して強い忠誠心を抱いているのもわかっていた。

あとになってから、ファルコと父親がどんな絆で結ばれているか、ローラにはよく理解できた。二人は同類だった。それだけのことだったのだ。

だが三年前、ローラはまだ無邪気だった。そのころ、ファルコが仕事でブリュッセルに行っている留守に、父親のオスカー・ロスが再びローラをオフィスに呼びつけ、今度は婚約破棄のための手切れ金を渡そうとした。ローラがそれをはねつけると、彼は脅しをかけてきた。それはローラが屈するしかない脅しだった。それでもローラはまだ信じていた。オスカーの思いどおりになるはずがない。どうやっても、彼女とファルコを別れさせることはできないと。

ローラはすがるような思いを胸に抱きながら、オスカーの命令に従った。その日のうちにローラは会社を解雇され、永遠にソリハルを去ることになった。ファルコの机の上に地味な薄茶色の封筒を置いた。中にはダイヤモンドとサファイアの婚約指輪、そして父親のオスカーから言われるままに書いた、もうファルコを愛していないという手紙が入っていた。

ファルコがそんな手紙を信じるはずがない。ロンドンへ向かう悪夢のような旅の間も、ローラは涙にくれながら何度も自分に言い聞かせた。ファルコには嘘《うそ》だとわかる。彼の父親がむりに私に書かせたのだと。ファルコは私を捜しに来てくれる。ファルコなら、きっと私を見つけてくれる。

ロンドンのセント・ジョンズ・ウッドにある部屋に落ち着いてからも、ローラは拷問のような日々を送りながら、今日こそはファルコが来てくれると祈って待ち続けた。苦しみのあまり気が変になりそうになっても、ローラはファルコが必ず自分を迎えに来てくれると信じるのをやめなかった。

つらく長い六週間が過ぎ、ファルコがやってきた。ある日、ローラがセント・ジョンズ・ウッドのフラットを出ると、ファルコが大股に通りを横切って近づいてきたのだ。

しかし次の瞬間に起きたことは、ローラを打ちのめした。

ローラを責める声。卑劣な激しい非難の言葉だった。

「ひどい女だ！」ファルコはローラに向かってどなりつけた。「金のためならなんでもする連中がいるのは知っていたけれど、まさか君がそうだなんて考えもしなかった！」

ローラは最初は声も出なかった。何がなんだかわからなかった。「いったいどういうことなの？」泣きそうな声できいた。

「君が受け取った金のことだ！」ファルコは贅沢《ぜいたく》なフラットの方に手を振った。「こういうものを買うために、君が僕の父からもらった金のことだ！」

ローラは否定しようとした。そんなことを考えるなんてひどすぎる。しかしファルコがまたどなった。怒りで恐ろしいほどに顔がゆがんでいる。

「なんてふしだらな女だ！　君が新しい恋人と一緒にいるのを見た。今朝、彼のジャガーに乗り込むところをね。僕の代わりを見つけるのに手間はかからなかったんだな。僕のべッドからほかの男のベッドに直行ってわけか！」

その瞬間、目の前にいるのはローラの見知らぬ男に変わっていた。ローラのことをそんなふうに思っているファルコは、まったく見ず知らずの男だった。ローラにはファルコが誰を指しているかわかったが、その男性は新しい恋人などではなかった。

ローラがためらっていると、ファルコが怒声を浴びせた。「さあ、違うと弁明できるのか！」

ローラは頭を振った。心が凍りつき、目の前の見知らぬ男にローラは冷たい視線を向けた。否定する必要もないようなことを弁明するほど卑屈になる気はなかった。ファルコが私をそんな人間だと思うなら、そう思わせておけばいい。

衝撃から立ち直れないまま、ローラは自分の話す声を聞いていた。「お金をもらってあなたと別れてよかったわ！　私の新しい恋人はあなたなんかよりずっとすてきなのよ」ローラは体を石のようにこわばらせて立ちすくみ、ファルコが罵声《ばせい》を残して立ち去るのを見つめていた。

それがファルコを見た最後だった。数時間前に、陽光のあふれる部屋の窓辺に立っている彼に会うまでは。でも一度だけ、手紙をやりとりしたことがある。

ローラはため息をついて、ドレッサーの椅子からゆっくりと立ち上がった。一年半前に出した手紙のせいで、ファルコはまだローラが彼を愛していると思い込んでいるのかもしれない。彼女が何か問題を抱えているようだとあざけったファルコの口調も、それで説明がつく。

小さな笑いがローラの唇からもれた。ファルコはどうかしている！　セント・ジョンズ・ウッドのフラットの外で会った日から、彼を愛することなどやめてしまった。あの手紙は、ちょっとした気の迷いで秘密を打ち明けようと書いてしまったのだ。愚かなことに、ファルコにも知る権利があると思い込んで書いてしまった。

〈あなたと話し合いたいことがあります〉とローラは書いた。〈いつか会う機会を持てないでしょうか？〉

二、三週間してファルコから、〈話し合うことは何もない〉というそっけない返事が届いた。

そのとき、ローラは自分の過ちに気づいた。ファルコには秘密を知る権利などない。そんなものがあると信じたのは、愚かな感傷だったのだ。

今にして思えば無謀でもあった。ローラは身震いした。秘密を打ち明けたりしたら、世界で一番大事なものを失うはめになったかもしれない。

彼女の娘。ローラとファルコの娘だ。ローラの人生を照らしてくれる美しいベル。

ローラはまた体を震わせた。ファルコが自分の娘の存在を知ったら、ローラから取り上げてしまうかもしれない。単なる腹いせに。それはローラにとって悪夢だった。そんなことになったら生きてはいけないとわかっていた。

だからこそ、ファルコがロンドンに行って彼女の同僚と話すという脅しを無視できなかったのだ。みんなベルのことを知っている。ベルの父親は、ローラがソリハルにいた当時に知り合った誰かだと知っている者もいる。たった一つの不用意な言葉で、秘密が暴かれることもある。

そんな危険は冒せない。だからローラはここにとどまろうと決めたのだ。秘密を守るために。

その決心が恐怖を追いやった。ローラはワードローブに近づき、持ってきた服の中で一番明るい色のドレスを選び出した。

強くならなければ。ファルコには何も知られてはならない。決意は固かった。本当に危険なのは、ローラ自身が不安に駆られて思わず何かとんでもない言葉を口走ってしまうことだ。

深く息を吸って、ローラはハンガーからドレスを外した。私は強くなれる。秘密は決してもらさない。ファルコは永久に、自分に娘がいたことを知らずにいるのだ。

3

「食前酒は？　いつものジントニックかな？」

「いつもそうだったかしら？　あなたに言ったことはないと思うけれど。よろしければ、カンパリソーダをいただくわ」

　今の言葉は皮肉っぽく、自意識過剰に聞こえただろうか？　きっとそうだろう。なぜならファルコの言ったとおりだったからだ。以前ローラはいつもジントニックを飲んでいた。今でも好きだ。ファルコがうっかりローラの好みに合わせようとしなければ、彼女はジントニックを頼んでいただろう。

　ファルコと意見や好みが合うわけがない、とローラは考えた。まったくの他人と同じなのだ。今こうしてファルコの前に立っているローラは、三年前に彼が責めたあのローラではないのだ。

　ファルコはローラが返事に込めた非難に気づかなかったようだ。「いい考えだ。僕もカンパリソーダにしよう」

ローラは彼から顔をそむけてフランス窓の方を見た。開け放された窓から吹き込む静かな海の風が、淡い色のカーテンを優しく揺らしている。

二人は庭に面した大きな居間にいた。その庭は椰子《やし》の木が茂る海辺まで広がっている。数分前にローラがポピーのようなオレンジ色のドレスを着て毅然《きぜん》とした様子で居間に入っていったとき、ファルコはダークスーツに絹のネクタイという装いで彼女を待っていた。居間にいるのは二人だけだった。ジャニーヌの姿は見えない。

ローラは月に目をやり、ジャニーヌを待った。ファルコと二人きりでいると心が落ち着かなかった。

「ちょっと外に出て、新鮮な空気を吸ってみないか？　夜のこんな時間はとても気持がいいんだ」

ファルコがすぐそばに立っていたので、ローラはびっくりした。明るい赤色のカンパリが入った長いグラスを差し出している。

「そうしたければ」ローラはファルコの手からグラスを取ると、さっさと中庭《パティオ》に出た。ファルコに近寄られると気づまりでいらいらした。

パティオには、葉を広げたいちじくの木の下に、白いペンキを塗った錬鉄製のテーブルと椅子が置いてあった。

「座ろうか？」ファルコが言った。

ローラはうなずいた。「ええ、いいわね」

ファルコが彼女のために椅子を引いた。

ローラは体を硬くして腰を下ろした。

「それで、最終的な結論は？」ファルコはグラスに口をつけて、向かい側の椅子に座った。

二人の間にテーブルがあるのを、ローラは奇妙なほど心強く感じた。

「最終的な結論って？」

「僕の別荘を改装する仕事のことだ」

「お引き受けするともう言ったはずよ」

「ああ、そうだな。でも二、三時間前の話だ」

ファルコはテーブル越しにからかうような視線を投げた。

「君のように突然に気を変える人物を相手にするときは、何ごともよく確かめておかないとね」

「私は突然に気を変えたりしないわ」

「僕の経験したこととは違うな」

ファルコの目から面白がっているような気配は消え、鞭《むち》のように鋭い非難の言葉が飛んできた。

一瞬ローラは息を止めた。つらい過去の思い出が有刺鉄線のように二人を取り巻いた。

しかしローラは冷ややかな口調で答えた。

「あなたがおっしゃる経験は、今の状況とは無関係よ。前にも言ったように、仕事に関しては信頼していただいて大丈夫だわ」

「それを聞いて安心した。でも君のそういう性格にはずっと前から気づいていたよ。金になるならなんでもやる。それが恥知らずなことであっても」

ローラはたじろいだが、なんとかそれを押し隠した。ファルコは私を本気で愛したことなど一度もないのだ。そんな嘘《うそ》を真に受けるなら、私を本当に理解したこともないに違いない。

ローラがじっと見つめるうちに、ファルコは続けた。

「今、気にかかっているのは、君のあいまいな確約を金を支払う前から当てにしていいのかどうかだ……それとも支払いが先かな？」

またローラはたじろぎ、それを隠した。「ご心配なく。仕事に関しては、約束は絶対に守ります」

「もし君が希望するなら、前払いの小切手を用意してもいいんだが」

「そんな必要はないわ。仕事が終わったときに請求書をお渡しします」

「本当にそれでいいのかい？」

「ええ」

ローラはファルコの黒い鋼鉄のような目を見つめた。どこまでも彼女を苦しめる気だ。そのためにここに呼んだのだろうか？　ローラが彼に与えたと思い込んでいる苦しみをあがなわせるために？

そうかもしれない。まったくの偶然でローラをここに呼び寄せたという説明より、そのほうがはるかに納得できる。

「最初の二週間の必要経費はどうなる？　いくらか現金で前払いしても少しもかまわないよ」

「たいしたことはないでしょう。ベッドも食事もここで用意してもらえるんですもの」ローラは言葉を切ってファルコを見つめた。「私がジャニーヌと交わした契約では、家の様子を知るためにここで二週間ほど過ごし、そのあとロンドンに帰って案を仕上げて、それからここに戻って実際に仕事に取りかかるということだったわ……。でも二週間もからないと思うの。一週間で充分だわ」

「僕はそうは思わない」

予想した答えだったが、ローラは言い張った。

「私の意見を尊重していただきたいわ。本当に一週間あれば充分なの」

「そうは思わないと言っただろう」ファルコはカンパリを一口飲み、黒くきらめく瞳でローラを見つめた。「僕は二週間の休暇をとった。インテリアデザイナーにこの別荘をまったく違う雰囲気にしたいということを理解してもらい、デザイナーが考えつくさまざまなアイディアを一緒に検討するためだ」

ローラはぞっとして、体が震えた。

「つまり、ご自身で直接この仕事にかかわりたいということなの？」

「もちろん」

「それは知らなかったわ。ジャニーヌが指示を与えてくれるのだと思っていたわ」

「この家は僕のものだ」

「私に仕事を依頼したのはジャニーヌよ」

「費用を払うのは僕だ」

「それはわかっているわ、でも……」

ファルコがさえぎった。「君の交渉相手は僕だけだ」黒く鋭い視線はローラの考えまで見通しているようだった。「どうしたんだ？　君の固い約束が突然ぐらつき出したのかな？　僕と二週間も一緒にはいられないというのかい？」

それではローラが困ると、ファルコは本気で考えている。実際にそうだった。ただ、彼が信じているような理由ではなかった。ファルコに対する感情的な問題ではないのだ。

ローラは答えた。「どうして私が困るのかしら？　あなたは気むずかしくするおつもりなの？」

「僕がそうだったことがあるかな?」

「わからないわ」ローラは決然と見返した。「あなたと一緒に仕事をしたことはないから」

「これからそうすることになる。二週間もね」ファルコはローラをいらいらさせるような笑みを浮かべた。

「わかったわ。二週間は長すぎるという私のプロとしての意見を受け入れるつもりはないのね?」

「そうだ。二週間ということに、君はロンドンで同意した」

何も知らなかったからだ。二週間も娘と離ればなれになるのは耐えがたかったが、ローラには断り切れなかったのだ。条件のよい仕事がつい最近だめになったばかりで、生活のためのお金が必要だった。

それに娘のベルの世話についてはなんの心配もなかった。ローラの両親が孫娘の世話をできるチャンスとばかりにロンドンに来てくれたのだ。二歳になるベルも喜んだ。ローラの両親が孫娘を熱愛するのと同じくらい、ベルも祖父や祖母になついていた。

ローラは本当に二週間は長すぎると思っていたが、どうやら最初の契約を守らなければならないようだ。

「結構よ。あなたが大丈夫なら、私も同じだと思うわ」ローラは辛辣《しんらつ》な口調で言ってから、グラスを持ち上げカンパリを一口飲んだ。「あなたの勝ちのようね。では二週間ということで」

そのとき、パティオの入口にジャニーヌが姿を見せた。顔をしかめ、ほっそりした体にはかなり薄いワンピースを着ている。丸めれば簡単にポケットに収まりそうなほど薄い服だ。

か細い悲しげな声でジャニーヌが言った。「ファルコ、ちょっといいかしら？」

ファルコはジャニーヌにそれ以上何も言わせず、ローラが腹立たしくなるほどすばやく立ち上がって、急いで彼女のそばに行った。

「なんだい、ジャニーヌ？」本心から気遣っている声だ。ファルコは彼女のひじに手を添えて、居間に戻っていった。二人の姿が見えなくなると、ローラの耳にひそひそ話す声が聞こえてきた。

突然、ローラはひどくショックを受けていることに気づいた。まったく予期しない荒々しい感情を覚え、一瞬、呼吸さえできなくなった。

ファルコの話し方、彼の顔に表れた優しさ、ジャニーヌのそばに駆け寄るときに見せた親身な様子のせいだった。ローラはすっかり忘れていたのだ――ファルコには同情やいたわりを惜しみなく与える一面があることを。そうした性格が自然に示されるのを見て、ローラの胸に失われた大切なものに対する痛切な悲しみがあふれてきた。

ローラは深呼吸して気持を静めようとした。どうしたというの？　何を悲しんでいるの？　悲嘆にくれるのはずっと昔にやめたはずなのに。

パティオの入口にファルコが現れたときには、ローラは落ち着きを取り戻していた。ファルコが立ち止まって探るように見つめても、感情が乱されることはなかった。彼は挑発的な笑みを浮かべながら言った。「ジャニーヌは気分が悪いんだ。自分の部屋に戻ったよ。ディナーは二人だけになりそうだ」

「まあすてきだわ」ローラはファルコを見返し、同じような笑みを浮かべた。それからまじめな口調でつけ加えた。「ひどくなければいいけれど。ジャニーヌのことよ」

「ひどくはない。ただの偏頭痛だ」ファルコは入口に立ったままで言った。「明日にはすっかりよくなっているだろう」それから少し姿勢を正した。「ディナーの用意ができている。食堂へ行こうか？」

ローラはカンパリを飲み干し、ファルコと二人きりで食事をするいら立ちを抑えながら立ち上がった。いらいらしてはだめだ。気にしてはいけない。

ファルコに案内されて天井の高い広々とした客間を抜け、オーク材のドアを通ると、そこは食堂だった。きらめくシャンデリアの下で、テーブルには光を放つグラスや銀器が並んでいる。

ローラの頭の中に、別荘の改装に関するアイディアが次々に浮かんでくる。

ファルコがローラの気持を読んだように言った。「このシャンデリアは残したい。でも食堂のほかの家具は処分してもかまわない」

「考慮するわ」ローラはファルコの目を見なかった。ローラも同じことを考えていたので、これからも何かと意見が一致するのかと思うとうんざりした。

白いクロスのかかった四角いテーブルの三人目の席はきれいに片づけてあった。上座に一人分、すぐ左にもう一人分の席がセットしてある。

「座ってくれ」

ファルコは身ぶりでローラの席を示し、自分は上座に腰を下ろした。ローラはテーブル越しにファルコを見て、皮肉を言わずにはいられなかった。「テーブルを変えるにしても、やはり四角がお好みでしょうね。円テーブルだと、家長の席を決めるときなど面倒でしょうから」

「確かに同意できないだろうな。行きすぎた民主主義には」

「ロス家の男性至上主義には合いませんものね」

一瞬、沈黙が流れた。ファルコにとっては予想外の皮肉だった。

「僕がそんなふうに見えるのか？　典型的なロス家の男だと？」面白がっているような口調だ。

「違うのかしら？」

少なくとも今のあなたはそうでしょう？

二番目の質問はどうにか口にしないですみ、ローラはほっとした。誤解していたのだ。ファルコは変わったわけではなく、ローラがその優しい仮面にだまされただけだ。

最初は、ファルコは典型的なロス家の男性ではないと信じていた。語り草になっているほど冷酷な祖父や父親とは違うと。でもロス家の男たちは誰も同じだ。ローラは自分の子供が女の子であったことをずっと感謝してきた。

ファルコがローラの質問に答えないうちに、アンナがスープを運んで食堂に入ってきた。アンナが皿にスープをよそう間も、ファルコの目はローラをとらえて離さなかった。アンナが静かに下がると、ファルコは会話が中断などされなかったかのように、落ち着いて言った。「僕が仕事に打ち込み、野心的で、成功しているという意味なら、君の質問に対する答えはイエスだ。僕は典型的なロス家の男だよ」

ローラはほほ笑みながら膝にナプキンを広げた。ファルコはなんて賢いのだろう。ごまかしたり、はぐらかすのがなんと上手なことか。ファルコが典型的なロス家の男の特徴として挙げたものは、ローラが言いたかったものとは全然違った。

ローラはスープを飲んだ。「おっしゃるとおりね」ファルコの目をとらえ、自分でもうれしくなるような落ち着き払った口調で続けた。「でも、ロス家の男性にはほかにも特徴があるでしょう。それほど魅力的ではない特徴が」

「たとえば？」

ローラは首を振った。「私の言いたいことはおわかりのはずよ」ファルコと口論したいわけではない。

しかしファルコは譲らなかった。「言ってくれ。君はなんのことを言っているんだ」

ローラは大きく息を吸った。「本当に知りたいとおっしゃるなら。ロス家の男性は、あなたが挙げたような特徴ではなく、厳格な性格で有名だわ。冷酷さと人間性の欠如で。お気にさわったらごめんなさい」心にもなくつけ加えた。

「どうして気にさわるんだい？　自分の意見を持つのは自由だ」ファルコは恩着せがましく言うと、無情な笑みを浮かべた。「しかしロス家の男性は寛大でもある。その点は、君自身が保証してくれるんじゃないかな？」

ローラの体が一瞬にして冷たくなった。「自分に都合がいいときには」静かに答える。

ファルコは眉を上げた。「自分に都合がいいとき？　斬新《ざんしん》な解釈だ。寛大というのは、両方にとって都合がいいんだろう。それを提供する側と受け取る側の両方に」彼はスープを飲み終えてスプーンを置いた。「君にとっても都合がよかったはずだ。そのおかげで新しい人生に乗り出せたんだから」

ローラはファルコに険しい視線を向けた。彼女がお金をもらったとファルコが信じていることに、打ちのめされる思いだった。ローラは傲然《ごうぜん》と言い返した。「あなたのお父様が私の人生を変えたことで、今の私がある。それを否定する気はないわ」

再び食堂のドアが開き、アンナが料理の皿をのせたワゴンを押して入ってきた。マッシュルーム、バター炒《いた》めのズッキーニ、ベビーポテトが添えられた子牛の皿が並べられ、グラスに冷やした辛口の白ワインが注《つ》がれた。

二人だけになると、しばらくは黙って料理を口に運んだ。やがてファルコがおどけた口調で話し出したが、その声に傷ついた気持がにじんでいるのをローラは聞き逃さなかった。

「寛大さとそれで得をする側の話だったが……君はまだセント・ジョンズ・ウッドのフラットに住んでいるのかい？」

「いいえ、少し前に引っ越したわ。プリムローズヒルに自分の家を買ったの」

「環境のいいところだ」

「ええ、私も気に入っているわ」

「前の家のような高級住宅地ではないが」

「ええ、そうよ」ローラはたじろいだ。ファルコは何を考えているのだろう？

「ご存じでしょうけれど、セント・ジョンズ・ウッドのフラットは私のものじゃなかったわ」

ファルコは笑った。「もちろん知っている。僕の父の寛大さにも限度がある。君みたいな取り引きのうまい相手と交渉するときでもね」ワインを一口すすってグラスを置き、ローラを見つめた。「正直に言うと、セント・ジョンズ・ウッドで部屋を借りるなんてずいぶん贅沢《ぜいたく》だと思った。家賃で君のたくわえはかなり減ったんじゃないかな」

セント・ジョンズ・ウッドの家賃をわざわざ調べたに違いない！　なんて見下げはてたまねをするのだろう。私の私生活をせんさくしたあげく、性急に間違った結論に飛びついたのだ。ファルコはあの陰険な父親にそっくりだ！

しかしファルコが誤解を重ねていくことに、ローラは困惑するどころか、ある種の喜びさえ感じていた。ズッキーニを一切れ食べてから言った。

「他人には贅沢に見えるものが、実際には賢明な投資だったというのはよくあるでしょう。私の場合はまさにそうだったわ」

「そういうことか」ファルコは子牛の肉にナイフを入れた。それ以上尋ねる気はないらしい。

それでもローラは話したかった。自分はたゆまぬ努力と才能でキャリアを築いたのであって、決してファルコの父親の援助を受けたからではないと知ってほしかった。

「セント・ジョンズ・ウッドには裕福な人たちが住んでいるわ。プロのインテリアデザイナーを雇えるような人たちが。私がインテリアデザイナーだと言ったのを聞いて、ある人が雇ってくれたの。私はかなりいい仕事をしたわ。それを見たその人の友人が仕事を依頼してくれて、それからは順調に顧客が増えていったの」

「幸運だったわけだ」

「ええ、そう思うわ」実際に、それと似たような状況だった。ローラは重要な部分の説明をはぶいていた。それを言い出したら際限なく話は続き、ファルコが知りたくないようなことまで明らかになってしまう。ローラはそこまで話すつもりはなかった。

しばらく会話もないまま料理を食べていたが、やがてファルコが目を上げてローラを見た。「僕にはわかっていたよ。言っただろう、君はやり遂げるって」

「何を？」ローラはまばたきした。聞き違えたのだろうか？　今のは賛辞のように聞こえた。

間違いではなかったらしい。ファルコは目をそらさなかった。

「いつも言っていただろう、君は成功すると。君もそれは否定しないだろう。僕はいつだって君の才能を信じていたよ」

ローラは声も出ないほど驚いた。ファルコの顔に目をやると、かつてローラにあれほど自信を与えてくれた心からの信頼と無条件の励ましが見えるような気がした。

ローラは静かに答えた。「ええ、否定しないわ」耳もとで心臓の鼓動が響き、部屋には不気味な沈黙が広がった。

長い時が過ぎた。ファルコが口を開いたとき、口調がかすかに変わっていた。「あの青年とはまだつき合っているのかい？」

ローラは顔をしかめた。「青年って、誰のことかしら？」

また長い沈黙があり、やっとファルコが答えた。今度は明らかにとげとげしい声だった。

「派手なネクタイでヒットラーみたいなひげを生やした男さ」

「いいえ」一瞬のうちに事態を悟ると、ローラは胃がむかついてきた。セント・ジョンズ・ウッドのフラットの外で、ローラの不実を責めるファルコの声が耳もとに聞こえてきた。

あのときに感じた無力感と裏切られたという思いがよみがえる。ローラには新しい恋人などいなかった。あの俗っぽい骨董商《こっとうしょう》とは、仕事で仕方なく会ったにすぎない。

今でもローラにはわけがわからなかった。ファルコはどうしてそんないまわしい結論を出してしまったのか。なんの証拠もないというのに。

ローラはどうにか自分の感情を抑え、さりげない口調で答えた。「あいにく、彼とはずっと会っていないわ。わかるでしょう？　ものごとには終わりがある。人はいつか別れていくわ」

「君の世界では、ね。そんなところだろうな」

ファルコの声がナイフのように突き刺さる。

「彼もしばらくは君の役に立ったんだろうが、もっと条件のいい申し出をする男が現れて、捨てられてしまったんだろう？」

ローラが返事をする前に、非情な声が飛んだ。「彼からもいくらかうまく手に入れたんじゃないか？」

あんまりだわ。ローラの中で何かがはじけた。ナイフとフォークを置く。心臓が胸の中で破裂したように激しく鼓動している。

「だったらどうだというの？　あなたには関係ないことでしょう？」ローラの声は緊張し、見せかけの平静さはすっかり吹き飛んでしまった。「私の人生は、昔も今も、あなたとはなんの関係もないわ！　あなたとのことは三年も前に終わったのよ。それだけはしっかり覚えておいていただきたいわ！」

ローラは怒りに駆られて椅子から半ば腰を浮かしていた。憤りながらなんとか座り直したとき、ファルコは静かな顔つきで見つめながら、ローラを驚かせるようなことを言った。

「すべてが三年前に終わったというなら、一年半前に君が書いてきたあの手紙はなんなんだ？」抑揚のない冷ややかな口調だ。「なぜあれほど熱心に、僕に会おうとしたんだ？」

ローラは心臓が止まりそうな気がした。あの愚かな手紙。声が出なかった。

「君は話し合いたいことがあると書いてきた。自分とまったく無関係の人間に対して書くような手紙ではないだろう……。いったい僕に何を話したかったんだ？」

目の前が暗くなり、ローラは吐き気を覚えた。

ファルコは知っているのだろうか？　うすうす感づいているのだろうか？　ローラはす

っかり混乱していた。

唇が機械じかけのように動いた。「何も」ローラは答えた。「実際には何もなかったの。重要なことは」

「だったら、なぜわざわざ手紙を書いた？　どうして会おうとしたんだ？」静かだが執拗《しつよう》な口調だ。

ローラは答えになりそうな口実を必死に考えた。乾いた唇をなめる。「重要なことじゃなかったの。ただ誤解を解いておきたいと思っただけ」

「事情ははっきりしているだろう。誤解なんて生じる余地はないじゃないか」

「ええ、あなたの返事にもそう書いてあったわ」

「僕がやり直したがっているとでも君が思っていたなら、時間のむだだったわけだ」

ファルコはそんなことを考えていたのね！　私が許しを求めていると！　ほっとして、ローラはしわがれた笑い声をあげた。「信じてほしいわ、そんなこと考えもしなかった。ありえないわ！」

「そうか、それで許しを求めるためでなかったら、僕に会おうとした目的はなんなんだ？」

「もう言ったでしょう。目的なんてなかったわ」

突然、これ以上会話を続けることが耐えられなくなった。ローラがぎこちなく立ち上がったので、もう少しで椅子が倒れるところだった。

「部屋に戻るわ。ジャニーヌは賢明だったようね。あなたと一緒にいると誰でも頭痛がしてくるんじゃないかしら！」

ローラが足を踏み出す前に、ファルコがすばやく片手を伸ばして彼女をつかまえた。彼の指がローラの手首に手錠のように巻きついた。

ローラが途方に暮れたように見下ろすと、ファルコはほほ笑んだ。「君が滞在してくれるおかげで、楽しませてもらえることになりそうだな。君は反論するだろうが、僕たちの間にはまだ片づいていない問題があるようだ」

ファルコは手を放した。ふらつく足で食堂から出ていくローラの耳に、あざけるようなファルコの笑い声が聞こえた。

4

水がひんやりした絹のようにローラの肌をすべっていった。愛撫《あいぶ》されているように感覚は官能的にとぎすまされていく。ローラはなめらかなストロークでサファイア・ブルーの水を切っていった。静かで穏やかな朝の陽光を背に受け、アルバに着いて以来、これほど頭がすっきりしたことはないと感じていた。

昨夜はよく眠れなかった。悪夢の中で怪物たちが固く閉ざしてしまったはずの扉をたたいていた。七時前に目覚めたときはほっとした。水着を着てタオルをつかむと、まだ寝静まっている別荘を抜け出し、早朝の海に飛び込んだ。

泳いでいると、突然ゆるめられたロープのように、全身から緊張がほぐれていくのがわかった。ローラは優雅な動きで頭と肩を波間から出し、ぬれて光る髪を振って顔を暖かな太陽に向けた。

ファルコなんてどうでもいい！　彼はいつも私の人生に首を突っ込んでくる！　私を困らせて楽しむ男なんて、どうなってもかまわないわ！

ローラはあおむけになり、体の力を抜いてコルクのように揺れながら水に浮かんでいた。三年前、ファルコのために充分すぎるほど苦しんだ。もう一度あんな目に遭ったら、精神的にだめになってしまうだろう――そんなふうになるわけにはいかない。

ローラは体をくるりと回転させて、少し泳いだ。引き締まった細い体が澄んだ青い海面を刃のように切っていく。私は献身的な母親でキャリアウーマンだ。この三年間立派に自活し、奇跡に近い成功を収めてきた。

大切なすばらしい娘がいて、順調に発展している満足すべき仕事がある。経済力もあり、家もある。満ち足りた社交生活だってある。

精神的に充実している。自分の意志の強さと目的意識を信じる充分な理由があるのだ。ローラの生活にファルコ以外には男性の影はなかった。それでもローラは幸福だった。結局はなんの意味もない軽率な恋愛をしたいとは思わなかった。ローラと娘のベルは、二人だけで満ち足りていた。

ローラはまたあおむけになって、さわやかな海の風を吸い込んだ。過去から教訓を学んで、一人前の大人になった。皮肉なことだが、その点では、ファルコに感謝しなくてはならない。

ファルコから得た教訓で、ローラは自分の内部に以前には気づきもしなかった力があることを知った。ファルコがそばにいなくても生きていけるし、成功さえできるとわかった。

ファルコも、ほかの男性も必要ないと悟ったのだ。

ふと、ローラはあの恐ろしい瞬間のことを思い出した。ファルコと最後に会ってから二週間後、妊娠に気づいたときだ。ローラは怖かった。一人で子供を育てる勇気があるとは思えなかった。でも実際は違った。最初はあれほど恐ろしいと思っていたことは、彼女の人生で最大の喜びに変わった。

ローラは笑って、あおむけになった体をもとに戻し、浜辺に向かって泳ぎ出した。私が昔のようなか弱くだまされやすい人間だと信じているなら、ファルコはとんでもない思い違いをしている。ファルコの目をうっとりと見つめ、そこに自分の未来を見たと思っていた娘は、恋に目がくらみ、すべてが嘘《うそ》だと見抜けなかっただけなのだ。

ローラは力強く海面を切って泳いでいった。昨夜ファルコは傲慢《ごうまん》な口調で、ローラの滞在が楽しみだと言った。二人の間にはまだ片づいていない問題が残っているというのだ。ファルコはローラをいじめて楽しむつもりなのだろう。

それならそれでかまわない。ローラは両腕でサファイア色の水面をかいた。二人でゲームをやるまでだ。片づいていない問題などない。ファルコは間違っている。彼の楽しみを打ち砕くのは、きっと愉快に違いない！

意図していなかったが、ローラはさっそくファルコの楽しみを打ち砕くことになった。

海から上がると、ローラは急に空腹を感じた。砂浜に置いてあったタオルで髪をふきながら、浜辺を縁取る椰子《やし》の木々と庭に通じる小道を抜けて別荘に戻った。そこでいきなりファルコたちの邪魔をすることになってしまったのだ。

第六感とでもいうのだろうか、庭から中庭《パティオ》に足を踏み入れたとき、ローラは髪をふきながらふと顔を上げた。すると目の前に、夢中になって抱き合っているファルコとジャニーヌがいた。

ジャニーヌは両腕をファルコの首に回し、額を彼の胸に押しつけて、柔らかい声で笑っていた。ファルコはジャニーヌの腰を抱いて顎を彼女の頭に乗せ、何か甘い言葉をささやいているようだ。

甘い、けれども不実な言葉だ。ローラは胸を痛めながらそう考えた。

ローラはそっと咳《せき》払いして、二人の注意を引いた。「ごめんなさい。邪魔するつもりはなかったのよ」

ローラは、ファルコとジャニーヌがうろたえてさっと抱擁を解くのではないかと思っていた。

二人はそうはしなかった。彼らは顔をローラの方に向けたが、落ち着いた表情で当惑した様子は少しもない。顔を向けただけで、二人は抱き合ったままだった。

ファルコはほほ笑んだ。「気持よく泳げたかい?」

「ええ、ありがとう」ローラはかすかにいら立ちを覚えた――予想しておくべきだった。ファルコは簡単にうろたえるような男ではない。彼ほど厚かましく恥知らずな男はめったにいないのだ。

ローラはファルコから目をそらして、ジャニーヌにあいさつをした。「頭痛は治ったの？」

すっかりよくなったようね、ともう少しで言いそうになった……だが意地悪く聞こえると気づいてはっとした。ジャニーヌに当たる理由はまったくない。

ジャニーヌは小麦色に日焼けした細い腕をファルコの首から離して、軽く彼の肩に乗せた。ファルコの着ていたデニムのシャツの襟を、必要もないのに直している。いかにも自分のものだというようなそのしぐさに、ローラはいらいらした。

「ありがとう、頭痛は治ったわ。昨夜《ゆうべ》は夕食を一緒にできなくてごめんなさいね」

「いいのよ。わかっているわ。頭痛がするときはとても社交的な気分にはなれないものよ」

ジャニーヌはうなずいた。「そのとおりだわ。頭痛って本当にいやなものよ。困ったことに、私はよく頭痛に悩まされるの」

つき合う人を変えるべきよ――ローラは胸の中でつぶやいた。ファルコとつき合えば誰でも頭痛に悩まされる――昨夜同じことを言ったのを思い出し、ローラはファルコにとがめるような目を向けた。

ファルコとは目が合わなかった。彼はジャニーヌを見つめていた。「昔はそうだった」優しく言いながら、片手でそっとジャニーヌの髪をなでている。「もう頭痛の癖は直っただろう」

「優しいのね」ジャニーヌは鼻にしわを寄せて、ファルコの顎にキスをした。「あなたみたいに優しくしてくれた人はいないわ」

ローラはその光景を複雑な思いで眺めた。あざ笑いたいような気もした。かつてはローラもファルコの優しさに惹《ひ》かれたが、それがどれほど偽りに満ちたものか思い知らされた。皮肉な光景だった。

しかし、かわいそうなジャニーヌがすっかりだまされ無防備になっているのを、どうして笑えるだろう? ファルコに激しい軽蔑《けいべつ》を感じながら、ローラの胸にはジャニーヌに対する同情が広がっていった。

気分が悪くなってきたローラは、二人に声をかけた。「私は着替えて、それから朝食をいただくことにするわ」

「着替えなくてもいい」ファルコがふいにジャニーヌの腕を振りほどいて、その場から離れようとするローラの行く手をはばむようにすばやく歩み寄った。

「朝食はここでとれるよ。もうテーブルの用意ができている」ファルコは身ぶりでいちじくの木の下のテーブルを示した。「アンナがすぐに朝食を持ってきてくれる」

「かまわなければ、私は着替えてきたいわ」ローラは不愉快になった。自分のためではなく、ジャニーヌのためにそうしたかった。ファルコは近くに寄りすぎているし、ローラを見つめる目にはあからさまな賞賛の色が浮かんでいる。ぬれた水着が体に張りつき、体の曲線がくっきりときわ立っているのだ。

ローラは険しい視線を向けたが、ファルコの顔を見たとたん、左目の隅にある、半分まつげに隠れた黒い小さなほくろに注意を奪われてしまった。

そのほくろのことをローラは忘れていた。妙に胸が騒いだ。かつて、愚かにも、そのほくろはファルコの魅力の一つだった。ローラがそこにキスをすると、ファルコはほほ笑んだものだ。

一瞬、追憶で胸が苦しくなった。昔はあらゆるものが今とは違っていた。信じられない思いに心が張り裂けそうになる。

ローラは耐え切れずに目をさっとそらし、自分の不快感をなんとかしようと必死になった。「やっぱり着替えてきたいわ」きっぱりした口調で言う。

ファルコは平然と笑みを浮かべながら、道を空けた。「かまわないよ。それじゃあ、またあとで」

なんて鈍感な男だろう！　ローラは猛烈な勢いでパティオを横切った。ジャニーヌが頭痛に悩まされるのも当然だ。自分の恋人がほかの女性に見とれるのを眺めて楽しいはずがないのに。

部屋に戻ると、ローラはすばやくシャワーを浴びた。髪はぬれたままで後ろになでつけ、シンプルなブルーの綿のワンピースを着て、それに合うサンダルをはいた。数分後には階下に急いでいた。朝食を求めておなかが鳴っている！

しかしパティオに出たとたん、ローラは立ち止まった。急に食欲がなくなった。コーヒーカップを手にして、ファルコが一人でテーブルに座っている。皿には食べかけのクロワッサンがのっている。

ローラは背筋を伸ばしてパティオを横切りテーブルに近づいた。「ジャニーヌはどうしたの？」

「することがあるそうだ。それにおなかもすいていないらしい」

ファルコはローラの顔を見てほほ笑んだ。突然、ローラは彼が二人だけの朝食をわざと仕組んだのではないかという気がした。私と二人きりになるために、ジャニーヌを遠ざけたのではないか。ファルコはいったい何をたくらんでいるのだろう？

ローラは腰を下ろした。今にわかるだろう。

「よく眠れたかい？」ファルコはコーヒーポットをローラの方に押しやり、クロワッサンやブリオッシュを好きなだけ取るようにすすめた。

ローラは大きなカップにエスプレッソと温めたミルクを注《つ》ぎ、平気で嘘をついた。「熟睡したわ」

「僕もだ。いつもそうだけれどね。ここにいるときは特に。海の空気がいいんだろうな」

ファルコがどんなふうに眠ろうが、ローラにはまったく関心がなかった。ブリオッシュを一つ取りながら、あまり満足そうな声にならないことを祈って言った。

「そんな楽しみをめったに味わえないのはお気の毒ね。ここにはそれほど頻繁には来られないでしょう?」

「反対だよ、できるだけここで過ごすようにしている。そうでなければ、この別荘を買ったりはしなかった」

胸が悪くなりそうなほど自己満足している声だ。ローラはナイフを取って、少し乱暴にブリオッシュを二つに開いた。しかし声だけは穏やかだった。「ロス工業でやるべきことをないがしろにしているわけじゃないでしょう? 会社の恩恵を考えれば、そんなことできるわけがないけれど」

ファルコは、今では、陰険な父親の配慮でかなりの地位に就いているに違いない。少なくとも重役にはなっているはずだ。

ファルコは椅子にもたれかかって、日焼けした腕を組んだ。「僕が自分のやるべきことをないがしろにしたときがあったかかな?」

「仕事に関しては、答えはノーでしょうね」それから心の中でつぶやいた。あなたはいつだって自分の利害に関係することには敏感だったわ。ファルコを一族の会社に結びつけているものは情熱ではなかった。かつてローラに、一種の義務感だと言ったことがある。でも本当は、自分の利益だけなのだ。

「仕事に関してだけかな？ 僕の義務感はそれ以外には働かないと考えているのか？」ローラは肩をすくめ非難めいた声で答えた。「あなたはいつもとても忠実な息子だったわ」

「息子というものはそうあるべきじゃないのかな？ 息子でも娘でも、忠実であるべきだ」

ローラはブリオッシュに薄くバターを塗っていたが、突然ナイフが凍りついたように動かなくなった。すっかり身に着いてしまった恐怖に駆られて、ローラはファルコの顔を見つめた。

「娘？」ローラは繰り返した。心臓の鼓動が聞こえる。ファルコの真意を計りかねていた。

「そう、娘もだ」一瞬ローラの目を見すえた。「君自身、僕が覚えているかぎりでは、いつだってまじめで忠実な娘だったじゃないか」

安堵感《あんどかん》が押し寄せ、ローラは握り締めたナイフを下ろした。震えを抑えていたので手がこわばっている。ファルコが娘と言ったのは偶然だったのだ。ローラは深く息を吸って、自分に言い聞かせた。ささいなことに神経質に反応してはだめよ、さもないと二週間が終わる前に心臓発作で死んでしまうわ！

「だからふしぎなんだ」ファルコはローラの動揺に気づかずに続けた。「僕が忠実な息子だと、どうしてそんな非難がましく言うのかな？」

「父親の中には……」ローラはファルコを見つめ、ふいに目をそらした。一瞬、理屈に合わない罪悪感にとらえられた。ファルコは自分も父親であるということを知らない。ローラはブリオッシュに視線を落としたまま続けた。「父親の中には子供の忠誠心に値しない人もいるわ」

「そういうことか。それで僕の父は、君の評価によれば、そのカテゴリーに入るわけか？」

ローラは肩をすくめた。「そうね、それが私の率直な意見よ。もちろん、あなたは私よりはるかにお父様のことを知っているわ。だからいつもあなたがしたように、お父様を弁護する充分な理由があるんでしょう」

「僕が父を弁護した？」

「そうよ。何度もね。いつだってお父様に対する批判は聞こうとしなかった」

ローラは目を上げて、ファルコの顔をのぞき込んだ。いくら彼でも今の言葉は否定できないだろう。

「あなたのお父様を非難する人がいると――それが友人でも知人でも同僚でも――あなたはすぐに怒り出した。覚えているけれど、ある男性はもう少しであなたに殴り倒されるところだったわ！」

「ずいぶん芝居がかった話だな。それで僕はやったのかい？」

「何を？」

「その男を殴り倒したのかな？」

「いいえ、彼は引き下がったわ、誰でもあなたに対してはそうだったけれど」

ローラは思わず笑みを浮かべた。誇らしいような賛嘆の思いが胸をよぎった。ファルコよりずっと体の大きな男性でも、彼に刃向かえるような者はほとんどいなかった。ファルコは鍛練したたくましい体格をしているが、単に肉体的な力のせいだけではなく、彼の発散する鋼鉄のような雰囲気に誰もが圧倒されてしまうのだ。ファルコには、黒い瞳を光らせるだけで人を支配する力が備わっていた。

ローラは胸の中でため息をついた。昔は、ファルコの芯《しん》の強さは悪ではなく善に根づいたものだと信じていた。ローラの目が覚めるまでは。

ファルコはコーヒーを注ぎ足し、天気の話でもしているような穏やかな口調で言った。

「とにかく、僕は義務感が欠如してはいないということだな、仕事に関しても父親に対しても」ファルコはローラをじっと見すえた。「それでも、何か特別な部分で僕には義務感が決定的に欠けていると、君は考えているようだな」

「私が?」

「僕にはそんな感じがする」

ローラは肩をすくめた。「あなたの勘違いよ」

あとで後悔するような言葉を口走る前に、会話を打ち切ったほうがいい。三年前、あからさまに非難したファルコに裏切られた思いがしたが、それもどうでもよくなっている。ファルコが私を愛していたなら、真実を探り出すことこそ彼の義務だったはずだ。激しい怒りがローラの胸で揺らめいた。重要なのはそれだ。ファルコは私を愛してはいなかった。そのふりをしていただけだ。

ローラがブリオッシュを食べている間も、ファルコは引き下がらなかった。「やっぱり君が何かを隠しているような気がする」

「そう思う?」

「そうだ。どうしてもそんな感じがする」

「だったらあなたの感覚がどうかしているんだわ。あまり気にしないほうがいいわね」

「僕の感覚はかなり鋭いほうだ。特に君と僕に関することがらについてはね」

ローラは息をのんだ。まるで心臓を踏みつけられたようだった。ファルコには昔の二人のことを持ち出す権利はない。ローラを裏切ったあの日に、その権利を失ったのだ。

ローラは深く息をついて、ファルコをにらんだ。「ジャニーヌは知っているの、私たちが……?」何か適切な言葉を探す。「面識があったことを」それが思いつくかぎり最も無難な言葉だった。

ファルコはコーヒーを飲み、カップ越しにローラを見た。彼女が言葉につまったのを面白がっているようだ。

「つまり、君と僕がかつて恋人同士だったのを、ジャニーヌが知っているかということか?」

またしてもローラは息ができなくなった。唇を固く結び、目を細めてファルコを見た。

「そういうことよ」

ファルコはからかうようにほほ笑んだ。「君は僕の感覚がおかしいと言ったが、聴覚も含まれているのかな。君はたしか面識があるとか言ったようだが。僕たちの関係は、そんな当たりさわりのない言葉で言い表せるようなものじゃない。君は都合よく忘れてしまったらしいから、あえて言うんだけれどね」

ローラは思わず、忘れてはいないと言いかけて、歯をくいしばった。忘れてはいない。その言葉で何かを暴いてしまうような気がしてぞっとした。

自分の目や声が、裏切って真実を告げてしまうかもしれない。自分にとってたった一人の恋人をどうして忘れられるだろう、と。

ローラは胸の鼓動が収まるまで、時をやり過ごした。「まだ私の質問に答えてくれていないわ。ジャニーヌに私たちのことを話したの？」

「何を話すのかな？　過去は過去だ。現在とはなんの関係もない」

「私はそうは思わないわ」

「面白いな、君はそう言うと思った」ファルコはテーブルにひじをついて身を乗り出した。

「君にとっては過去は過去として終わっていないという気がずっとしていた」

ローラはファルコの目をじっと見つめた。彼はまだ自分が私になんらかの影響力を持っていると、本気で信じているのだろうか。

「ばかなことを言わないで。私はただ、あなたのガールフレンドに私たちの昔の関係を話していないようだから、それは少し変じゃないかと言いたかっただけよ。ジャニーヌは当然その件について知る権利があるわ。特に私があなたの客としてここに泊まっているんですもの！」

「僕はそう思わないな。僕たちの関係は、昔も今もジャニーヌとはまったくなんの関係もない」

ローラは軽いめまいを覚えた。「本気で言っているの？」それは彼女の知らない、別人のようなファルコだった。

「完全に本気だ」ローラが敵意に満ちた目で見すえていると、ファルコは続けた。「さあ、これで君の質問には答えたから、もう一つの話題に戻ろう……過去に対する君の態度……それが本当に過去になってしまっているかどうか」

「過去のことよ。完全に終わっているわ」

「確かなのか？」

「確かよ。本当に」

ファルコはローラの顔に視線をさまよわせた。「残念だな」ローラの薄い綿のワンピースに包まれた胸もとに目をやる。「我々の過去には復活させたい側面もあったけれどね」ファルコの熱っぽいまなざしに、ローラの頬がさっと紅潮し、すぐに青ざめた。吐き気がする。激しい怒りのせいだ。ローラは自分に言い聞かせて、ファルコをにらんだ。でも彼女の胸には、怒りと同じほどに熱く燃える別の感情があった。失望感に似た何かが。

ローラは怒りに気持を込めた。「本当にあなたはお父様にそっくりだわ！」

「父の息子だからね」

「ええ、そうよ、ずっとわかってたわ！　あなたはお父様と同じで、非情で冷酷で人間的な優しさのかけらもないのよ」ローラは息をつぐために言葉を切った。「でも、あなたが女をもてあそぶ最低な男だということは、今初めてわかったわ！」ローラの声は、彼女自身の耳にさえ、高ぶって大きく響いた。「自分の恋人を泊めているのに、こんなふうに私に言い寄るなんて、恥ずかしいとは思わないの？」

「言い寄る?」ファルコは平然としている。「そんなにヒステリックになるほど言い寄ったかな?」

ファルコの言うとおりだ。私は過剰に反応している。どうしたというの? ローラは当惑して目をそらした。「言い寄ったことになるわ。こんな状況では、どんな程度でも許されないわ」

「ずいぶん立派な道徳観だ。こういう問題に対する姿勢が変わったんだな。それとも、女であるがゆえに自分を道徳的に厳しく見て悩んでいるだけなのか」

ファルコが何を言いたいのか、ローラはすぐにわかった。いつもと同じように、彼の非難はローラの胸を切り裂いた。

ローラはいたたまれずに言い返した。「そんな言い方は一方的すぎるわ! あなたと私はとっくに別れていたのよ、私が……」

「君がほかの男のベッドに行く前に。恥ずかしそうなふりなんかするなよ。実際にそうしたときは、そんなそぶりは見せなかったんだろう!」

ローラは吐き気が込み上げてきた。ファルコはどうしてそんな嘘を信じているのだろう? 何千回も自問したことだ。暗く閉ざされたファルコの顔を見たとき、ローラは真実を告げたいという激しく絶望的な思いに圧倒されそうになった。

しかし危ういところで思いとどまった。ファルコには何も話してはならない。絶対に。

二人の間に嘘が多ければ多いほど、秘密は守られるのだ。

ローラは大きく息を吸って、声を落ち着かせようとした。「裏切ったわけじゃないわ。あなたと私の仲は終わっていたんだから」

「そうかな？　そんなに自信があるのか？　君が新しい恋人とベッドに行く前に、僕が君のメモを読んだと確信しているのか？　時機を選んで行動したということなのか？」

ファルコは乱暴に椅子にもたれた。

「そんなつまらないことはどうでもいい」ナプキンをテーブルの上に振り下ろしたので、砂糖入れの中身が飛び散った。

「時間なんかたいした問題じゃない。君がいいかげんな女だという事実は変わらないんだ！」

「あなたが女の気持をもてあそぶ最低の男だという事実も変わらないわ！」

二人の視線はテーブル越しに激しくぶつかり合った。怒りと激情があたりに濃密に立ちこめ、足もとの地面さえ震えているようだった。

そのとき、雷鳴のようにとどろく二人の感情をぬって、か細い声が聞こえてきた。

「コーヒーはまだ残っているかしら？　一緒にいただいてもいい？」

ローラとファルコが同時に顔を向けると、ジャニーヌが立っていた。嵐《あらし》の中にまぎれ込んだとは気づいていないらしい。一瞬、三人ともすくんだように動かなくなった。

ファルコがまず我に返って立ち上がった。「さあ、座って。キッチンからコーヒーを持ってくるよ」

それから、ローラの方には一瞥《いちべつ》もくれず、それ以上彼女と一緒にいるのは耐えられないとでもいうように、ファルコは腹立たしげな足取りでパティオを横切って室内に消えた。

ローラはファルコを見送りながら、なんとか呼吸を整えようとした。息をするのも苦しいほどに胸を刺す痛みを覚え、全身を万力で締めつけられたような気分だった。

しかし、ローラを何よりも震え上がらせたのは、まだ消えずに残っている、真実を告げたいという絶望的な欲求だった。これまでの嘘を終わらせ、過去に起きたことをファルコにはっきり知らせたいという抑えようもない感情だった。その切望が、秘密をなんとしても守りたいという欲求と激しくぶつかり合う。

胸を締めつけるような苦しみの中で、ローラは全身の血が凍りつくような思いを味わった。

私はいったいどうなってしまったのだろう？　何より、気は確かだろうか？

5

ローラは落ち着くまでしばらく時間がかかった。鼓動が正常に戻るまで少なくとも一時間はかかるだろう。

ファルコがコーヒーを持ってくる前に、席を外さなくてはならない。このままだと、また何かとんでもないことをしてしまいそうだった。

「ごめんなさい、電話をかけなくてはならないの」ローラはジャニーヌに小声で告げた。礼儀に反してはいるが、とにかくこの場から去らなければならない。ローラはすっかり理性を失っていた。

それに、電話するというのは本当だった。両親とベルに、無事を確認するために毎日電話をすると約束していたのだ。

やがて、寝室のバルコニーに腰を下ろして陽光にきらめくアクアマリンの海を見つめながら、ローラはほっとしていた。電話したおかげで冷静さを取り戻していた。ベルは元気で、祖父や祖母と楽しんでいるようだ。

ローラは唇をゆがめた。私も同じように言えればいいのに。心の動揺をなんとかできればいいのに。ものごとがあるべき姿に戻ればいいのに。

完全に終わった。過去のことに関しては、ローラはそう信じていた。忘れ去り、消え去った。すっかり終わってしまったはずだった。

ところが今それがよみがえり、ローラを追いつめて古い傷を開き、心をずたずたにしている。ローラを狂気に駆られた女に変えてしまった。

とりあえず落ち着いたが、気持の中の危険な欲求のせいで、ファルコに秘密を打ち明けそうになったのはわかっていた。私を責めるファルコの目に浮かんでいた憎しみ、あれは私が受けるいわれのない憎しみだ。私をとらえていたのは、間違いを正したいという感覚だった。でもそれを克服した。ファルコには何も言わなかった。私の秘密は、二人の間に立ちはだかる嘘《うそ》と誤解の壁に守られて安全だった。

しかしいつまで守り通すことができるだろう？　ローラは身震いした。ファルコが私に対して過去を爆弾のように投げ続けるとしたら？

ローラはため息をついて目を閉じた。ここから立ち去ることさえできれば。滞在すると決めたときは、事態を甘く見すぎたのだ。

再び疑問が頭をもたげてきた。ファルコが私をここに呼び寄せたのは、このためなのだろうか？　積もる恨みを晴らすため？　完璧《かんぺき》に復讐《ふくしゅう》するため？　傷つけられたプライドを、ローラにあがなわせるためなのだろうか?

そうかもしれない。ローラはゆっくりと深く呼吸した。そうだとしたら気を強く持ち続けるしかない。ファルコの攻撃を予期してはねつけるしかない。それしか生き残るすべはないのだ。

私は生き残る。ずっとそうしてきたじゃないの。私には強靱《きょうじん》な力が備わっている。それを自分に証明してきたのだから。

そう言い聞かせると、ローラは気分が明るくなった。これでまた状況をコントロールできるだろう。ローラは立ち上がり、バルコニーを出て、静かに階下に向かった。

ホールを歩いていると人の声が聞こえてきた。笑い声も聞こえる。にぎやかな話し声がしている。ローラは邪魔をしてはいけないと思い、居間の入口で立ち止まった。ローラが二階にいる間に来客があったらしい。

「やあ、ローラ。さあ、ここに来てくれ!」ファルコはローラが現れたのを本当に喜んでいるかのように、立ち上がって手招きした。彼の笑顔を見れば、一時間ほど前にローラを激しく非難したことなど、誰も想像できないだろう。

ローラはこっそりその場から離れるつもりだった。楽しそうな席の邪魔はしたくなかったし、ファルコも彼女を歓迎しないだろうと思ったのだ。それにしばらくでもファルコにわずらわされずにいられるならうれしかった。

だが気がつくと、ローラは背筋を伸ばして居間に入り、談笑している人たちに明るい笑顔を見せて近づいていた。誰もが彼女を歓迎しているようだ。ファルコがお芝居をする気なら、私もそうするわ！

「こちらはローラ、僕のインテリアデザイナーだ。ロンドンからはるばるやってきてくれた」ファルコはローラの腕に優しく手を添えて彼女を紹介した。少し誇らしげな彼の様子は、ローラでさえ一瞬本気にしそうになるほど心がこもっていた。「ローラはこの別荘を改装してくれるんだ」

訪問客は二組の若いアメリカ人夫婦だった。アレックとジョージー、それにボブとマリーだ。ファルコの言うままにローラが彼の隣の椅子に腰を下ろすと、ジョージーが話しかけてきた。

「幸運なかたね。私もあなたのような立場になってみたいわ。こんなすばらしい家を改装するなんて、すごく楽しい仕事でしょうね！」

ローラはほほ笑んだ。「おっしゃるとおりですわ。すばらしい家ですから。インテリアデザイナーなら誰でも夢に見るような家ですもの」

「きっとそうね！」

「ローラなら最高の仕事をしてくれますよ」ファルコは客たちを見回して言った。「彼女はロンドンでもトップクラスのインテリアデザイナーですからね」

「すごいわ！」マリーがはしゃぐように言った。「きっと有名な人たちにお会いになっているんでしょうね。貴族のかたのお屋敷も手がけていらっしゃるのかしら？」

ローラは笑った。「いいえ、まだ今のところはそうしたかたがたのお仕事はしていません。でもおっしゃるように、有名なかたには大勢お目にかかっていますわ」

ファルコが自分を見つめているのに、ローラは気づいた。あの派手なネクタイにヒットラーのようなひげを生やした野暮ったい骨董商《こっとうしょう》のことでも考えているのだろう。ローラは内心うんざりし、ファルコが何か辛辣《しんらつ》な言葉を口にするだろうと身構えた。

しかし彼は優しくほほ笑んで言った。

「ローラは才能に恵まれているんです。きっと今にバッキンガム宮殿の仕事もするようになるでしょう」

ジョークだった。でも好意的なジョークだ。ファルコの笑顔は、そういうこともありうると本気で信じているようだった。一瞬だが過去の日々がよみがえってきた。ローラが自分の野心を思い切ってファルコに打ち明けたとき、彼が心から応援し励ましてくれたので、それまでは途方もない夢だと思っていたことが急に実現可能に思えてきたのだった。

そして今、ローラにはファルコが輝いて見えた。胸にせつない感情が広がっていった。会話が続いている。あれこれ話しているうちに、ローラはすっかりくつろいでいた。ファルコの友人たちはイタリア一周旅行の途中で、数日前からナポリの近くにあるポッツォーリに滞在しているらしい。それでファルコに会えるかもしれないと思ってアルバにやってきたという。

ローラが思いがけない罠《わな》に落ちてしまったのは、あまりくつろいで油断してしまったからだ。

ジョージーがふいに口にしたことがきっかけだった。「すばらしい休暇だけれど、一つだけ心残りがあるの。私たちの幼い一人息子が一緒に来られなかったことよ。息子はサマーキャンプに行っていて、楽しんでいるに違いないんだけれど、それでも私は寂しいわ。子供と離れているのはつらいものよ」

「ええ、お気持はよくわかりますわ！」

ローラは考える間もなく口走っていた。心臓がどきっとした。顔が青ざめていくのがわかる。ローラはうろたえて言いつくろった。「どんなお気持か想像できますわ。本当におつらいでしょうね」

ファルコの顔を見ることはできなかったが、彼がじっと見つめているのはわかった。ファルコは今の失言に気がついただろうか？　何か勘づいただろうか？　ローラは自分を呪《のろ》った。うかつにも秘密をもらしてしまったのではないだろうか？

たとえそうだとしても、まだわからない。

アレックが話している。「そろそろ昼食の時間だ。フェリーに乗って本島に戻ろうよ。僕らが泊まっているホテルのそばにすごくうまいレストランがあるんだ」

「私たちと一緒に来てくださらない、ローラ?」マリーが誘った。「ご一緒しましょうよ。私たちのお客様としてね。大勢のほうが楽しいわ」

ローラはファルコから目をそらしたまま、首を横に振った。

「仕事がありますから。別荘もまだ見回っていないんです。でも、お誘いいただいてありがとうございます」

「僕のインテリアデザイナーがどれほど仕事熱心かわかっただろう!」ファルコがおどけた口調で言った。しかしローラはファルコの声にそれまでなかったとげとげしさがあるのに気づいた。

気のせいだとローラは自分に言い聞かせた。ファルコはきっと失言には気づいていない。ジャニーヌを含めて六人が行ってしまうと、ローラは別荘を調べて回ることにした。別荘の内部を見て歩いて、あの恐ろしい失敗をくよくよ考えないようにしよう。

確かなことが一つだけある……ファルコと対決するにしても、私はすべてを否定するだろう。彼が真実を知ることはないのだ。

ファルコとジャニーヌが戻るのは夜になるだろうとローラは思っていた。しかしベッドに入るころになっても彼らが帰ってきた気配はなかった。

ローラはほっとした。きっと話がはずんで向こうに泊まることにしたのだろう。そんなに楽しく過ごしているなら、ファルコはローラの失言について考える余裕などないはずだ。

ローラがベッドに横たわると、自分がいない席で、ファルコとジャニーヌと四人のアメリカ人たちが談笑している様子が頭に浮かんできた。なぜか、ローラは妙に寂しくなった。

ローラはベッドで寝返りを打ちながら自分をしかった。自分から望んだことであり、それで救われもするのだ。ファルコが友人たちと親しく過ごすのに夢中になっていれば、私の存在や彼女の失言について考える暇がなくなるのだから。

けれども、いら立たしいことに、ローラの寂しさは消えなかった。その理由もわかっていた。みんなが本島に行ってしまう前に、短い時間だが一緒に会話を楽しんだことで、ローラとファルコが共に過ごした日々が――お互いに大切な存在だったころの思い出がよみがえってきたからだ。

ローラはあわててそんな考えを打ち消した。ばかげたことだ。自分がファルコにとって大切な存在だと信じていたが、それは偽りだった。

怒りを覚えると、寂しさはなくなった。ローラは手を伸ばして枕《まくら》もとの明かりを消した。

「僕が別荘を案内しよう。そのあとで昼食をとりながら、君の印象を聞いて話し合えばいい」

ファルコの声に驚いて、ローラはさっと振り返った。朝から書斎であれこれ寸法を計っていたのだが、ファルコが部屋に入ってきたのに気づかなかった。

「まあ、帰ってきたのね。知らなかったわ」

ファルコの顔を見上げたとき、ローラは奇妙な感覚に陥った。ふしぎな戦慄《せんりつ》が体を走り抜ける。以前、どこかで感じたことのある感覚だった。

「一時間前に戻ったんだ」ファルコはひげをそったばかりで、シャワーも浴びたのだろう。黒い髪がぬれたままで、かすかに石鹸《せっけん》の香りがただよってきた。「ジャニーヌは寝ているよ」ファルコはほほ笑んだ。「くたくたに疲れているんだ」

「そう。みんなで楽しかったんでしょうね？」

きつい口調になって、ローラは困惑した。ジャニーヌが疲れているかどうかなど、私にはどうでもいい。彼女がどうして疲れたか、どこで眠っているかということも。

でも実際には気になっていた。ジャニーヌは誰のベッドで寝ているのだろう？　この別荘ではいつも誰のベッドに寝ているのだろう？　ローラは初めてそのことを考え、自分が恥ずかしくなった。もちろんファルコのベッドに決まっている。ローラは腹立たしげに思った。

「じゃあ、別荘の見学ツアーに出かけようか？」ファルコはドアの柱にもたれかかって、笑顔でローラを見つめている。まるで彼女の心の中をのぞき込んでいるかのようだ。白のズボンにオープンカラーのブルーのシャツを着ている。引き締まった体には疲労の影さえ見えない。

ローラはじっとファルコの顔を見て、ほっとした。昨日のことをうるさく問いただす気はないようだ。たぶん思ったとおりだ。ファルコは私の失言に気づかなかったのだろう。

ローラはにっこりと笑った。「いいわ。どこから始めるの？」

「ここからではどうかな？」

ファルコは書斎を見回した。壁ぎわの書棚にぎっしりと本が並び、濃色の羽目板が張り巡らされ、革張りのソファーが置いてある。「特にこの部屋については、僕にもちょっとした考えがあるんだ」

ローラは警戒するような視線を投げた。

「あまり特殊なものじゃないといいけれど。細かすぎる注文を出されるとうまくいかないことがあるわ」

普通は顧客にそんなことは言わない――少なくともそれほどはっきりとは。たいていはできるだけ注文を出してもらうようにするのだ。結局その家に住むのは客なのだ。客の趣味に合わせるのは絶対的なことだった。

しかし今の場合は、はっきりと告げてよかったとローラは思った。ファルコに対する敵意が戻ってきた。そのほうがいい。憎しみが少しずつぼやけてきたところだった。ファルコの敵意は鈍ってはいなかった。冷ややかに見つめながら言い返す。「心配はいらない。君に任せた仕事を自分でやったりはしないさ。費用を考えれば、そんなことはばかげている。犬を飼っていながら、自分でほえるようなものだ」

ローラに自分の立場を思い知らせるあざやかな切り返し方だった。ファルコの言葉は、あざ笑うような口調とあいまって、ローラを犬の立場におとしめてしまった。しかもそれはファルコ自身が買い求めた犬なのだ。

ローラはきっと見返した。「お互いの考え方がはっきりしたようだから、そろそろ始めましょうか?」

ファルコはにやりとした。ローラをあざけるのを楽しんでいるのだ。ますます、それがローラを呼び寄せた理由のように思えてくる。

「今も言ったように、この部屋にはいくつかアイディアがあるんだ。それをまず君に見せよう」

ファルコは、ローラを部屋の隅に案内した。まだ完全には梱包《こんぽう》を解いていない輸送用の木箱が置いてある。ファルコはふたを押し開けて、つめものの中から小さな金色の額縁の絵を取り出した。

それをローラの前にかかげる。

「この部屋の装飾にこの絵を使ってほしいんだ」

ローラはなんとか喜びと驚きの声を押し殺した。もっと複雑な感情も混じっていたかもしれない。過去の記憶が、突然なまなましくよみがえってきた。

ローラは手を震わせながらその絵を受け取った。「なんて美しいの！　信じられないくらい！」

インドのムガール王朝の細密画だった。生き生きとしたあざやかで繊細な色があふれている。ローラは体中の血がざわめくのがわかった。

「こういう絵が十二枚ほどある」ファルコは木箱の方を手で示した。「ここ数年ヨーロッパのオークションを回りながら、苦労して集めたんだ」

「そうでしょうね。細密画を手に入れるのはむずかしいわ――特にこんなに質の高い細密画の場合は」

ローラはその精緻《せいち》を極めた美しさにうっとりと見とれた。インドの君主とその家臣たちが、華麗な風景の中を象の背に乗って進んでいる様子が描かれている。「今までに見た中でも最高の部類に入るわ」

「ムガール王朝の細密画には特別な思いがあるんだ。繊細さと色彩がたまらなく好きでね」ファルコはほほ笑んだ。「この細密画や箱の中のものはほんの手初めにすぎない。充実したコレクションにするつもりなんだ」

知っているわ、とローラは言いそうになった。ファルコは忘れてしまったのだろうか？初めてローラをロンドンのオークションに連れていってくれたときのことを。二人とも一枚のムガール王朝の細密画に夢中になってしまった。ファルコは競りに参加したが、値段はどんどんつり上がっていった。結局その絵はアメリカ人のバイヤーの手に落ちた。そのときファルコは、いつか自分のコレクションを作ってみせると約束したのだ。ローラは信じた。ファルコのほかの約束をすべて信じたように。

ローラはもう一度、ファルコの顔をのぞき込んだ。彼はやはり忘れている。手にしている細密画を見てローラがはっきりと思い出したあの幸福な一日は、ファルコにとっては忘れてしまった遠い昔のできごとでしかないのだ。

「細密画を中心にしてこの部屋のデザインを考えるというのはどうかな？」ファルコが言った。

「すてきだと思うわ」ローラは胸が痛み、深い寂しさにとらわれていた。なんてばかげているの。ローラは自分に厳しく言い聞かせた。ファルコにとってどうでもいいことなら、私にだってそうだ。

ローラはその細密画をファルコに返した。

「残りの細密画はあとで見せてもらうわ」

「いつでもいいよ。君が暇なときに、自由に見てくれればいい」

ファルコは動かなかった。ローラに近づいたようにも見える。彼が身近にいると、ローラは息がつまりそうな気がした。ファルコのまなざしも気になる。まるで目の中にローラを吸い込んでしまいそうだ。

ローラは急に気づまりになり、おどけたような口調で言った。

「この部屋のデザインについて、私が頭に入れておかなくてはいけないことが、まだいろいろとあるのかしら？」

「インド製の敷物がある」ファルコはまだ動かない。「それもオークションで見つけたんだ。一階に置いてある。あとで見せよう」

ローラはうなずいた。「いいわ」

熱を帯びる体に冷たいものが流れた。ファルコにどいてほしかったが、木箱を背にしているので道をふさがれているような感じがするだけだと思い直した。急に息苦しくなったのは、何か別の理由があるのだ。

しかし、ファルコを押しのけたいという欲求は耐えがたいまでになった。力ずくでそうする前に、ローラは口に出して言った。

「あなたは本当に忙しい生活をしているのね！」声が耳ざわりなほどよそよそしい。「どうやったらそんな時間の工面ができるのかしら。ヨーロッパ中のオークションを回りながら、ロス工業の重要な職務をこなし、そのうえ地中海の島で過ごす時間まで残しておくなんて。私には想像もできないわ!」

ローラはいくらか気分がよくなった。ファルコとの親密感は消えた。ロス工業という言葉を口にしたとたんに消えてしまった。

ローラはほっとして、さらにファルコを遠ざけようとした。

「あなたのお父様はずいぶん寛容になられたようね。昔は、あなたの生活はほとんどお父様が支配していらしたもの」

ファルコの目にたじろいだ様子はなかった。じっとローラを見すえている。「君が言うように、ものごとは変わってしまうものさ」静かな声だった。

「うまくやっていけるようになったのね? まあ、お父様にもあなたにも、そのほうがよかったんでしょうけれど」自分でも声が険しすぎる感じがした。全身がこわばって、敵意があふれ出そうだ。「当然かもしれない。あなたがたはよく似ているもの」

「君はいつもそう言っている」

ファルコは黒い目を細めた。ローラの顔を一瞬探るように見つめてから、わずかに視線をそらした。「ずっと考えていたが……たぶん君が答えを教えてくれるだろう。どうしていつも僕の父のことを持ち出すんだ?」

「私が?」心臓が不規則な速さで鼓動している。

「君だって気づいているはずだ。ことあるごとに、君は父を話題にする……まるで父に何か恨みでもあるみたいに……」

「私が？」ローラは繰り返した。何を言えばいいかわからない。ふいに厳しく問いつめられて、頭の中が真っ白になってしまった。

ファルコは首を振って、顔をしかめた。「どう考えてもふしぎだ……君がどんな恨みを持つというんだ？　僕の父が君にしたことといえば、僕と別れるために大金を渡しただけなのに」

ローラは息をのんだ。「そのとおりよ」彼から離れようとして、脚が木箱に押しつけられる。

「だったら、何が問題なんだ？」

「何も。私がどうかしていただけよ」

「そうかもしれない。僕に話していないことがあれば別だが」

「あなたに話していないことなんてないわ」ローラはファルコと目を合わせるのが怖くて、左目の隅にあるほくろを凝視した。ゆっくりと呼吸して、乱れる鼓動を静めようとした。

「本当に何もないんだな？」

「ええ、本当よ。私はあなたのお父様が好きではなかった。それだけよ。知っていたでしょう？」

ファルコはうなずいた。「知っていた。でも、何もしなかった人間を憎み続けるにしては三年は長すぎる」

「そうね。さっきも言ったけれど、私はどうかしていたのよ……」ローラは木箱に押しつけられ、硬い材木がふくらはぎにくい込んだ。

「三年は長い歳月だ。君が父を覚えているのさえ驚きだ。三年もたてば、人はおおかたのことは忘れてしまうのに」

「そのとおりだわ」心臓が破れそうなほど激しく鼓動し、口の中が乾いてきた。

ファルコはしばらく黙っていた。永遠とも思える時間が過ぎると、口を開いた。

「たとえば、僕は忘れていたよ。君が当惑するとそんなふうに頬を赤らめることをね」ファルコは片手でローラの熱い頬に触れた。「僕たちが廊下でぶつかったときもこんなだった」

ファルコの顔を見つめると、ローラは胸を締めつけられた。話すことも動くこともできない。呼吸さえできないほどだった。

「あのときも、君は今と同じような顔をしていたよ」ファルコはほほ笑んで、ローラの頬に触れた手を広げて顎を包んだ。「最初に会ったとき、君は純真で世間知らずに見えた」ファルコは燃えるような目でローラを見た。「今でもあのときと同じなのかな？　外見は落ち着いて洗練されているけれど、その内側は僕が覚えているあの女性と同じなのかな？」

ローラはファルコの手を押しやりたかった。逃げ出したかった。木箱に押しつけられ、まるでとらわれたような気がする。しかし体は凍りつき、足は床に釘《くぎ》づけになったように動かなかった。

ファルコはほほ笑んだ。

「君は謎《なぞ》めいているよ。こんなに美しくて、こんなに知的だなんて。無邪気なのに洗練された雰囲気がね……」

ファルコは話しながら親指でローラの唇をものうげになでた。熱い矢のような戦慄が、ローラの体を走り抜ける。

ローラは少しかすれた声で答えた。「ずいぶん妙なことを言うのね。私には謎めいたところなんて全然ないわ」

唇を閉じていたほうがよかった。ローラが口を開いたすきに、ファルコの指が下唇の内側に触れ、しびれるような感覚がいっそう強くなっていった。

ローラはファルコがどれほど自分に力を及ぼすものか忘れていた。ほんのかすかに体を触れ合わせるだけで、ローラは激しく応《こた》えてしまう。

もう限界にきていた。ファルコの指から電流のような力が流れ、ローラは髪の根もとまで痛みを覚えた。

意志の力でローラは体の震えを抑えた。いったい何を考えているの？　ファルコのこんなやり方を許してはだめ。すぐにはねつけなければだめよ。

ローラはのろのろと腕を上げ、ファルコの手を押しやるために彼の手首をつかんだ。

「そんなことはやめて」でも、自分の耳にさえ、その抗議の声は弱々しく響いた。

「やめろ？　いやなのかい？」

「やめてほしいの」ファルコの手を押しのけようとしたのに、彼の手首をつかんだローラの手は動かなかった。

「だったら、やめるよ」ファルコは手をすべらせて、ローラの首筋にかかった髪の毛にさわった。「このほうがいいかな？」

「いいえ、よくないわ」ローラの全身がかっと熱くなった。体を引こうとしたが、自分でも恥ずかしくなるくらい中途半端でおざなりなしぐさだった。ファルコはもう一方の手をローラの腰に回した。

「ファルコ、お願いよ！」

「お願いって、何を？」

「お願いだから、そんなことはしないで」

「代わりに何をしてほしかったんだい？」

ファルコの瞳は熱く燃える炎の塊と化している。ローラはあってはならない興奮に包まれるのを感じた。必死にそれを消そうとしたが、煮えたぎる鍋《なべ》の中のスープのようにわき上がってくる。

「たぶん、本当はこうしてほしかったんじゃないかな……?」

ファルコは顔を近づけた。ローラは頬に温かい甘く誘うような吐息がかかるのを感じた。そして彼女を抱き締めるファルコの腕の力、彼女の体に押しつけられるファルコの体の筋肉のたくましさを感じた。

ローラの心臓の鼓動はすぐに抑えようもなく乱れ始めた。ファルコがキスをしようとしているのも、自分がそれを止めようとしないのもわかっていた。ローラは感情のうねりにのみ込まれていた。恐ろしい、信じられないほど甘く苦い情熱におぼれていた。

世界がぐらりと揺れた。心の中では、ローラはファルコを突き放し、体を引き離し、こんな血迷った行為は終わらせなければと思っていた。しかし、誘惑の波はすぐそこまで押し寄せてきていた。

ローラはファルコの左目の、半ばまつげに隠れた小さなほくろを見つめた。その瞬間、自分が闘いに負けたのを悟った。ローラは唇を開いて、ファルコに体を寄せていった。

まるで嵐《あらし》に襲われたかのようだった。ローラの体は大地からすくい上げられ、ぬいぐるみの人形のように空中にほうり出され、官能の突風にあおられて引き裂かれてしまった。

それは単なるキスではなかった。唇と唇がぶつかり合う、今までに経験したことのないような激しい接吻《せっぷん》だった。宇宙の中で惑星と惑星とが衝突するときの悲鳴を聞いたような気がした。

ローラはなすすべもなくファルコにすがりついた。そうでもしなければ、暗い奈落《ならく》の底に落ちていってしまいそうだった。両腕をファルコの首に巻きつけ、ピアノ線のように張りつめた体をファルコに押しつけている。彼の体のぬくもりやたくましさに触れると、ローラの感覚は燃え上がり、胸が苦痛と喜びに震えた。

「ああ、ファルコ！」実際に言葉にしたのか、それとも頭の中で想像しただけなのだろうか？　その声は絶望の叫びのようだった。

ローラが長い間押さえつけ、もう制御し切れなくなった欲望から生じた絶望だった。ファルコの唇にローラの熱く貪欲《どんよく》な唇がぶつかる。ファルコもまたローラと同じ飢餓感に襲われているようだった。

「思い出したかい？」ファルコの声がかすれている。「どんなものだったか思い出したかい？」

「忘れたことなんてなかった。どうして忘れられるの？」

ローラにはまた、現実に言ったのか想像しただけかわからなくなった。ローラは指でファルコの髪を愛撫《あいぶ》し、それから手をすべらせてたくましい肩を抱き締めた。ファルコの体のどこに触れても、歓《よろこ》びに満たされた。過去にまっすぐ戻っていく。ファルコの体は三年前と少しも変わっていなかった。

ファルコも忘れてはいないことを行為で示した。ローラの感覚をどうやって目覚めさせればいいかを、彼は忘れてはいなかった。

ファルコの唇の動きにローラは吐息をもらした。熱いキスがローラの顔や頬やこめかみを焦がす。ファルコの唇がうなじのくぼみに触れ、彼の両手が魔法のように動くと、ローラはせつない歓びに体を震わせた。

ブラウスがスカートから抜き取られ、ボタンが外された。ローラの上半身は薄いレースのブラジャーだけで、ファルコの視線にさらされていた。

それでもローラはファルコを止めようとはしなかった。彼は肩紐《かたひも》を外してブラジャーをゆるめ、官能的なしぐさで両手をすべり込ませて、ローラの素肌に触れた。

「君はこんなだった……」

ファルコの手の感触にローラの体が張りつめた。

「ええ、そうよ!」体を寄せながらつぶやいた。呼吸が荒くなっている。

ファルコの愛撫はまるで拷問のようだった。私は死んでしまう、とローラは思った。彼がこのまま続けたら……。

ファルコの日焼けした胸もボタンを外したシャツの下であらわになっている。ローラは両手をファルコの胸から下にすべらせていった。ファルコが息をのむ気配がした。

ファルコとこんなふうになるのはとても自然で簡単なことだった。歩いたり呼吸するのと同じだった。最初の恐怖感や警戒心は消えていた。残っているのは激しく甘美な欲望だけだった。

ファルコも同じだとローラは感じた。少なくとも、彼がその幻想を打ち砕くまではそう感じていた。

両手と唇の動きを止めると、ファルコはローラから体を引き離して、彼女の顔をのぞき込んだ。ファルコの目は大理石のように冷ややかだった。

「悪くない。君が無料でしてくれたのだと考えればね」ファルコが唇をゆがめると、ローラの顔から血の気が失《う》せた。「僕が相応な金額を提示していたら、君はいったい何を提供してくれただろうな」

ローラは口を開くことができなかった。体が鉛のように重い。激しい吐き気に襲われた。

ファルコからさっと目をそらし、手探りでブラウスのボタンをかけた。ファルコはローラから離れ、軽蔑《けいべつ》したように言った。

「別荘のツアーは続けるかい？　僕たちの目的はそれだったはずだ」

そう言い捨てると、ファルコはきびすを返してドアに向かった。置き去りにされたローラは動くこともできず、屈辱感にさいなまれながら立ち尽くしていた。

6

　別荘を見て回る間、二人はほとんど口をきかなかった。交わされたのはどうしても必要なわずかな言葉だけだ。目を合わせることさえしなかった。

　やっと見学ツアーが終わった。

「すべて見たと思う」二人は居間の大きな張り出し窓のそばで向かい合って立っていた。「ほかに何か君が見たいようなものはあるかな？」

　ファルコの口調にからかうような響きがあるのをローラは聞き逃さなかった。窓の外にじっと目をこらしながら、ローラは冷ややかに答えた。「何もないわね。すべてを見たと思うわ」

　ファルコのやり方に満足できなくなっていた。単純な敵意なら、私にも対処できる。だが敵意の底に見え隠れする侮蔑《ぶべつ》感には耐えられない。

　私を笑い物にしたいだけなら、ファルコはどうしていたずらな誘惑をしかけてきたのだろう？　今でも私を操れると思い込んで自分の力を試してみたかっただけなのか、私に屈辱感を味わわせたかったのか――それとも、あんなことが面白くてやったのだろうか?

ローラがじっと窓の外を見ていると、ファルコが言った。「何か飲むかい? 僕はビールにする。テラスで一杯やろうじゃないか」

ローラは青い目を細めて、ファルコを見た。ビールで酔いつぶれてしまえばいい。ローラは答えた。「かまわなければ、失礼するわ。自分の部屋に戻りたいの。少し頭痛がするので」

ファルコはおどけたように片方の眉を上げた。「頭痛? それはよくない。アンナに言って、何か薬を持っていかせよう」

ローラはその言葉を無視した。

「きっと伝染性なのね。頭痛のことよ。この家にいる女性はみんな悩まされるようだわ。男性はどうなのかしら?」

「僕のことかな?」

「ほかに男性はいるの?」

「いや、僕の知っているかぎりでは」ファルコは傲慢《ごうまん》にほほ笑んで、ソファーの背にもたれた。

「でも個人的な意見では、君の頭痛の原因は僕ではなく君自身にあるんじゃないかな」

「どういう意味?」

ファルコはローラの目を見つめた。「君にはわかっていると思うよ」

ローラは当惑して目をそらした。ファルコがほのめかしている意味など考えたくもない。それからローラは顔を上げて、腹立たしげに言い返した。

「気分が悪くなるのはあなたのほうじゃないの。あなたは恋人と遠く離れているわけじゃないんですもの！」

ローラの言葉はなんの効果もなく、ファルコは肩をすくめただけだった。「僕には気分が悪くなるような理由はない。君だけで充分だろう」

「私にも気分が悪くなる理由はないわ。私は自由よ。誰かに不実なことをしているわけじゃないわ」

ローラの言ったことは本当だった。気分が悪くなる理由はない。ファルコに好き勝手なまねをさせるようなすきを与えてしまったこと以外には。残念ながら、ファルコのキスに応《こた》えたが、それは健康な女性なら当然だ。見るに耐えないのはファルコの態度のほうだ。

予想どおり、ファルコはローラの当てこすりに平然としていた。ソファーの背にもたれかかって面白そうにローラを見つめる。「ほう？　君の帰りを待ち焦がれている恋人はいないのか？」

「もう話したはずよ」

ファルコは目を細めた。「もっとふさわしい骨董商《こっとうしょう》とかは？　それが君のお好みだっただろう？」

ローラはそれほど取り乱していなかったら、あの男が骨董商だということをなぜファルコが知っているのか、ふしぎに思っただろう。ローラは一度も話していなかったのだ。でもそんな細かいことには気が回らなかった。ファルコがそうして責めるたびに、ローラの心は切り裂かれるようだった。しかし今度は、真実を告げたいという衝動は起きなかった。ファルコにはこう言い返した。

「あのときの男性だって、それまでに比べればましだったわ。その前の恋愛経験はもっと程度が低かったのよ」

「そうかい？」ファルコの口調は変わらなかったが、ローラは彼の目に浮かぶ動揺を見逃さなかった。

ファルコに打撃を与えたのがわかって勝ち誇った気持になったが、なぜか急に、侮辱したことを謝りたくなった。ファルコを憎んではいたが、自分の人生の大切な恋愛経験までを非難するのはどうかしている。

しかしローラは謝罪は自分だけにしておいてよかったと思った。ファルコも侮辱の言葉を返してきたからだ。

「君のやり方からすると――ベッドが冷める間もなく次々に相手を変えることで――つまらない経験はうまく忘れていくというわけだ」

「少なくとも、私は前の人と別れてから次の人を探すようにしているわ。あなたは自分の家に恋人を泊めていながら、彼女に忠実であろうとする誠意さえないじゃないの！」

ファルコは黒い瞳に謎《なぞ》めいた色を浮かべ、少し背筋を伸ばした。「たぶん君の言うとおりだろう。でもそんなに立派なことは言えないんじゃないか。君が書斎にいたときは、それほど誠意があるとは思えなかったね。僕がジャニーヌを傷つけたというなら、君にだっていくらかは責任がある」

ローラは否定できずに、目をそらした。書斎にいたときは、ジャニーヌを傷つけているという考えは一度も頭に浮かんでこなかった。

ローラはファルコにさっと背を向けた。こんな議論はもうたくさんだ。頭痛がますますひどくなるだけだった。

「部屋に戻るわ。かまわなければ、しばらく横にならせていただきたいの」そう言ってドアに向かった。

「僕の客は好きなようにしてもらってかまわないんだ。暗い部屋で横になっていても、君のような頭痛は治らないと思うけれどね。君に必要なのはもっと別の薬だろう」

ドアのそばに来ていたローラは、ファルコの言葉を無視した。すると彼はつけ加えた。

「ところで、休息をとれば、たぶん僕の質問には答えてもらえるだろうな……」

ファルコの口調に秘められた何かが、ローラを振り向かせた。

ローラはファルコに見つめられたとたんに、全身の血が凍りつくような気がした。彼は不気味な笑みを浮かべながら言った。

「君に教えてもらいたいんだ……ベルというのは誰だ？」


どうやって部屋へ戻ったかローラは覚えていない。足は重い材木を引きずっているようで、全身が恐怖で麻痺《まひ》していた。

ローラはベッドに横たわった。心臓が激しく脈打っている。ファルコはどうしてベルのことがわかったのだろう？　ずっと前から知っていたのだろうか？　ここから急いで逃げ出すべきだろうか？　私はいったいどうなるのだろう？

しかし、恐怖心は徐々に静まっていった。横になってゆっくりと呼吸しているうちに、ローラは冷静に考えられるようになってきた。

ファルコはベルの名前だけしか知らないのかもしれない。その名前をどうして知ったかは想像もできないが、あわてて騒いだりするのは愚かだ。なんの役にも立たない。毅然《きぜん》とするのだ。どこまでも自分の言い分を押し通すしかない。

ローラはベッドから起きて浴室に行き、シャワーを浴びた。我慢できるかぎり冷たい水を浴びてから、タオルで体をこすった。この悪夢に立ち向かおう。どうにかして、それを打ち負かすのだ。

ぬれてもつれた髪をとかしながら、ショックのせいで頭痛が消えたと考えているうちに、ふいに鏡に映った自分の姿を見て手が止まった。銀縁の大きな鏡に映る自分を見ていると、体に震えが走った。あの書斎でいったい何が起きたのだろう？

ローラはうつむいた。答えはわかっている。自分に正直になりさえすれば。あのときローラは、長い間忘れていた官能の波にのみ込まれていた。

正確には三年間だ。あんな感覚に襲われたのは、ファルコとの最後の夜以来だ。

あのときの抱擁は昨日のことのように覚えている。ファルコが仕事でベルギーに発《た》つ前夜、ソリハルにある彼のフラットでローラは一緒に過ごした。

「君と離れるのはとてもつらい」ファルコはローラを激しく抱き締めた。彼には、その夜が二人で過ごせる最後の夜だとわかっていたかのようだった。

ローラも同じ気持だったが、ファルコが仕事で遠くに行くときはいつもそうだった。ローラは彼の胸に顔をうずめて言った。「あなたがいないととても寂しいわ。いつも私のことを思っていて」

「いつでも思っているよ」

ファルコは彼女の髪に唇を寄せ、決して離さないとでもいうように抱き締めた。「どれだけ君を愛しているかわからないのか？」

ローラはほほ笑んだ。「私と同じくらい愛してくれているんでしょう」

「もっとだ！」

「不可能よ！　私があなたを愛している以上に誰かを愛せる人なんていないわ」

あの夜のことを思い出し、ローラは涙が込み上げてきた。何もわかっていなかった。乱れたベッドで激しく愛し合いながら、それが二人の恋の終わりだとは思ってもいなかった。ファルコの目に輝いていた愛が、やがて憎悪に変わってしまうということも。

ローラはぐっと涙をのみ込んだ。ファルコ以外に愛した男性はいなかった。彼を愛したようには誰も愛せなかった。ローラの意識の中で、ファルコと愛は——特に肉体的な意味で——分かちがたく結びついてしまっていた。

だから書斎であんなことになってしまったのだ。ファルコにキスされたとき、ローラは生涯でただ一つの愛を経験した過去へと戻ってしまった。まるで過去と現在が突然混じり合ってしまったように思えた。

ローラは大きく息を吸って、ヘアブラシを脇《わき》に置いた。こんなことを考えるべきではないのに、どうしても思い出してしまう。抑えてもよみがえってきてしまう。

ローラは一年半前にファルコに出した手紙のことに思いをはせていた。彼には自分の娘のことを知る権利があると信じて、ローラは義務感からあの手紙を書いた。それは本当だったが、それが理由のすべてではない。

二週間後に、話し合うことは何もないと書かれたファルコのそっけない返事を受け取ったとき、ローラは打ちのめされて本当の理由を思い知らされた。

そのときまで、もう一度ファルコに会えるという希望で胸がいっぱいになっていた。ファルコに会って話し合えればと期待していた。ベルの話だけでなく、過去に起きたことを——二人が別れた原因はローラ自身にはないのだということを、彼に説明するつもりだった。

そうすればお互いに許し合えるかもしれない。そうなれば、二人がまた結ばれるのを妨げるものは何もなくなる。そう期待していた。

その期待が無残に壊れたとき、ローラは初めてそれが自分にとってどれほど重要な意味を持っていたか悟った。大きなショックだった。屈辱感で倒れそうになるほどのショックだった。

そんなに不誠実な男だとわかっても、まだ自分はファルコに心を動かしてしまうのだろうか？　あのときローラはファルコを憎み、二度と会わないと誓ったのだ。

そして、そのとおりに行動してきた。大切な娘を中心にして、一人で新しい生活を築いてきた。ファルコがいなくても充分うまくやってきたのだ。

ローラは寝室に戻って、ベッドに腰を下ろした。ファルコはローラの手紙が許しと和解を求めるものだと思っている。ローラはそんな解釈を軽蔑していたが、それほど的外れでもない。しかし書斎で起きたことでローラがまだそういう関係を望んでいるとファルコが思うなら、それは間違いだ。

書斎でのローラの失態は、ファルコとの性的な絆《きずな》に無意識に反応してしまったせいだ。そんな絆はとっくの昔に断ち切ってしまうべきだった。でも、今では断ち切れた。二度とあんなふうにはならない。ファルコがまた同じことをしようとすれば、すぐに気づくはずだ。

ファルコがどんなふうに彼女を侮辱したか思い出して、ローラはこぶしを握り締めた。あれはすべて私を混乱させるための、冷酷で意図的な計画の一部だったのだろうか？　そのあとで最後の爆弾を落とすつもりだったの？

ファルコが血も凍るような恐ろしい質問を口にしたときの傲慢な口調を思い出すと、ローラの鼓動が止まった。

〝君に教えてもらいたいんだ……ベルというのは誰だ？〟

ローラは苦しげにため息をもらし、両手で顔を覆った。すっかり身に着いてしまった恐怖がまた込み上げてくる。ファルコは三年前に、もう少しでローラの人生を破壊するところだった。彼に二度とそんなまねはさせない。ローラからベルを奪うようなことはさせない。

ローラはふいに立ち上がった。苦痛と怒りと恐怖が胸の中で不吉な蛇のようにうごめくのに耐えられなくなった。ローラがかつて愛した男、ローラを手ひどく裏切った男、キスでいまだにローラの心に火をつけてしまう男、ローラの幼い娘の父親である男……そのファルコと、ローラは手に入るあらゆる武器を使って闘わなければならない。

涙がローラの頬を伝っていった。決意は固かったが、ローラの心は荒れ果てた砂漠のように荒涼としていた。


その日は結局ローラが恐れていたことは起きずに終わった。

やっとの思いで自分の部屋を出てから、ローラは対決に備えて身構えた。ファルコが現れ〝ベルというのは誰だ？〟という質問の答えを要求するのを待ち続けていた。

ファルコとは何度かすれ違ったが、彼は何もきこうとはしなかった。ローラは驚くと同時にほっとした。ファルコは忘れてしまったか、急に興味を失ってしまったようだった。あの恐ろしい質問を口に出したことさえ覚えていない様子だ。

ローラはそれをいい兆候だと考えることにした。ファルコがすでにベルが誰であるか知っているか、あるいは何か疑問を抱いているとしたら、ローラに直ちに説明させているはずだ。

そう考えるとかなり気持が落ち着いたが、それでもまだ不安は残っていた。ローラの生活の中にベルと呼ばれる存在がいることを、ファルコはいったいどうやって知ったのだろうか？

夕食のために着替え、金髪のボブヘアにブラシを当て、まつげにマスカラを塗る間も、ローラはまだそのことを考えていた。ファルコがどうやって知ったか、おそらく決してわからないだろう。たぶん、そんなことはたいした問題ではない。きっと、単なる偶然にすぎないのだ。

きっと……。ローラは鏡に映る自分に向かって顔をしかめた。でも油断してはだめ。そう自分に言い聞かせた。

肩に結び目のあるワンショルダーの明るいピーコックブルーのドレスを着て、八時少し前に居間に入っていったとき、ローラの顔に内心の動揺はまったく表れていなかった。恐怖をごまかすのがすっかりうまくなってしまったようだ。

ファルコとジャニーヌは中庭《パティオ》に座って夕食の食前酒を楽しんでいる。二人の声に誘われて、ローラは近づいていった。

笑顔で声をかける。「お待たせしたんじゃないでしょうね?」

「そんなことはない」ファルコはローラの方を見て答えた。明るい灰色のシルクとリネンのスーツに、渋い赤のネクタイをしている。ファルコは腹立たしいくらいハンサムだった。

「よかったわ」ローラはファルコの顔からさっと視線をそらして、ジャニーヌに注意を向けた。「今夜はご一緒できてうれしいわ」

それはローラの心からの言葉だった。ジャニーヌが一緒なら、ファルコとぶつかり合うこともないだろう。そう思うと、不安が消えて気持が楽になってきた。

ピーチカラーのドレスを着てかわいらしく見えるジャニーヌはローラにほほ笑みながら言った。

「私もよ。お互いに知り合うチャンスね。あまりおしゃべりする時間もなかったから」ファルコにいたずらっぽい視線を投げる。「ファルコに言わせると、あなたはとても興味深い女性だそうよ」

どういう意味だろう？　ローラは苦笑を抑えて、私はどんな点で興味深いのかしら、と考えた。ファルコは二人のことをジャニーヌに話したのだろうか？

そんなはずはない。ローラも笑みを返しながら答えた。

「ファルコは寛大だから、そんなふうに言ったんでしょう。いつもそんなお世辞を言ってくれるようだから」

ローラの皮肉はジャニーヌには通じなかった。ジャニーヌは無邪気にほほ笑みながらファルコの方に身を乗り出して、彼の頬をおどけたようにつねった。「そうね、彼は優しい人だもの。私が知っている中で一番優しい人よ」

「私にとっても同じよ。いつもそう思うの。ファルコ・ロスは世界中で一番優しい男性だわ」ローラはまじめな顔でそう言った。これが映画だったら、彼女の演技はオスカー賞ものだった。

ファルコもそう思ったようだ。ローラを見返す黒い瞳に皮肉っぽい賛嘆の色を浮かべ、ローラと演技力を競うように言った。

「君みたいな人になら, お世辞を言うのも簡単だ。君のように魅力的な女性に会ったら、どんな男でも寛大にならずにはいられないだろう」

ジャニーヌは楽しそうに笑った。「あなたにはかなわないわね！」ファルコに寄り添い、彼の腕をいとおしげに抱き締めた。「あなたみたいな男性はほかにいないわ！」

かわいそうなジャニーヌの言葉は、本人が考えている以上に的を射ていた。ジャニーヌの様子を眺めながら、ローラはまた同情した。ジャニーヌの目には嫉妬《しっと》の影さえない。ファルコに夢中で、二人の関係を信じ切っている。そんなジャニーヌを傍観したまま忠告しないでいるのは、ローラにはほとんど罪悪に近いような気がした。

ジャニーヌがその優しさを信じ切っているこの男は、いつの日か彼女に毒牙《どくが》を向けるだろう。

そのとき、ファルコが立ち上がり、礼儀正しい笑顔でローラに飲み物を尋ねた。

「カンパリかな？　いつものはやめたようだから」

「カンパリで結構よ」

「氷とレモンを入れて？」

ローラはうなずいた。「ええ、ありがとう」内心で顔をしかめた。〝いつもの〟という言葉はジャニーヌに対する小さな裏切りだ。ジャニーヌがまだ知らないはずのファルコの過去にかかわる言葉をわざと口にしたのだ。ファルコの欺瞞《ぎまん》と鈍感さのいい見本だった。だがあとになって、三人で夕食のテーブルを囲んだとき、ローラは自分が間違っていたのかもしれないと思った。ファルコは、ジャニーヌのように、自分たちが恋人同士だという印象を与えようとしたことは一度もない。それでも、ファルコがジャニーヌを気遣っているのは確かだった。

ぼんやりしているジャニーヌを見るとき、ファルコはかすかに眉を寄せることがある。そこには、子供を見守る親が見せるような遠慮のない保護と愛情が感じられる。ジャニーヌに関するかぎり、ファルコのことを誤解しているのかもしれない。ローラは何か割り切れない思いでそう考えた。ファルコはかつてそんな表情でローラを見たことがあっただろうか。

三人の会話は驚くほどなめらかに進んだ。おいしくて量のたっぷりとある料理と一緒にアンナが並べてくれたワインも食欲を駆り立てた。

「おなかが破裂しそうだわ！」デザートの皿が片づけられると、ジャニーヌは笑いながら椅子にもたれかかった。「こんなに食べたのは初めてよ！」

「私も。驚いてしまうくらい！」ローラはナプキンをテーブルの上に置いた。すっかり緊張が解けている。予想外に楽しい夜だった。

「アンナのお料理はなんておいしいのかしら！」ローラはファルコを見た。彼ととげとげしい言葉を交わさなかったのは初めてだ。「アンナをどこで見つけたの？　最初からこの別荘にいたのかしら？」

「そんなところだ。アンナはこの島を出るつもりだったんだけどね。ご主人と一緒に本島に帰る予定だった。でもアンナが作ってくれた肉づめのトルテッリーニを食べたあとで、僕は給料をはずむことでアンナにここに残ってくれるよう説得したんだ」

「あなたを責めることはできないわね。でも用心して」ローラはおどけて顔をしかめた。「こんなお料理を毎日食べていたら、そのうちパヴァロッティみたいに太ってしまうわよ」

「あら、ファルコは幸運なのよ。太らない体質なんですもの」ジャニーヌが口をはさんだ。「好きなだけ食べても、一キロだって太らないの」

ええ、そうだったわね。ローラは危うく言いそうになりあわてて抑えたが、そんな自分に当惑した。一瞬、また過去がよみがえってきた。過去は絶えずローラを手もとに引き寄せようとしているようだった。

ローラは気持を現在に引き戻した。椅子にもたれて、部屋を見回す。「この部屋はすばらしくなるわ。広さも完璧《かんぺき》ですもの。この仕事をするのが本当に楽しみだわ」

「食事中も仕事のことを考えていたのかい？」ファルコが面白そうにローラを見た。「何かいいアイディアが浮かんだのかな?」

「いくつかね」

ファルコはほほ笑んだ。「その中に、四角いテーブルは入っているかい?」

「ええ。四角いテーブルは特に重要よ」

ローラは真顔で言ったが、実際には食事をしている間に何度か、今夜の雰囲気には円いテーブルのほうが合っていると思っていた。

一回かぎりのことだ。ローラは自分をいましめた。今夜の楽しさは見せかけだけ。それはわかっているはずだ。裏にはファルコの父親のような、ロス家独特の冷酷さがひそんでいる。

ローラは、ファルコにしか通じないような会話を彼と交わしたことにも気づいていた。ジャニーヌにはわからない秘密めいた言い回しにローラは良心がとがめた。ファルコと共謀しているような気持になった。

ローラはジャニーヌの方に体を向けた。「あなたなら、この部屋をどんな感じにしたいと思うかしら? もしあなたが配置を考えるとしたら?」

「私が?」ジャニーヌは眉をつり上げた。「そんなことときかないで。苦手なのよ。あなたのような才能はないんですもの。私はただの秘書だから」

「すごく優秀な秘書だよ」ファルコがすぐに口をはさんだ。彼は顔に保護者のような気遣いを浮かべて、片手をジャニーヌの腕にのせた。「そんなに自分を卑下するものじゃない。君もたくさん才能がある。それを忘れてはだめだ」

ファルコの説得には心を打つものがあった。ジャニーヌの言い方には確かに自己を卑下する響きが感じられた。ファルコの言葉はすぐにすばらしい効果を発揮した。ジャニーヌはにっこりすると、テーブル越しにファルコにキスを投げた。

「わかったわ、ファルコ。あなたがそう言うなら」

ローラは困惑しながら、椅子に深くもたれた。ジャニーヌに対するファルコの態度は矛盾だらけだ。ジャニーヌに無関心で、彼女を会話から締め出したかと思うと、いきなり親切な心遣いを見せたりする。

ファルコのやることはわからない。でも、ローラには関係のないことだ。ファルコに夢中になっているジャニーヌが彼には都合がいいのだろう。

そのとき、アンナがコーヒーの支度をしたトレイを持って、メッセージを伝えにやってきた。

「お電話がかかっています」アンナはたどたどしい英語でファルコに言った。「申しわけありませんが、私にはどなたからかわかりません」

「かまわないよ。僕が出るから」ファルコは立ち上がり、部屋を出る前にローラとジャニーヌに言った。「アンナにコーヒーはパティオで飲むと言ってある。くつろいでいてくれ。

僕はすぐに戻る」

「ファルコはすてきでしょう？」椅子から立ちながら、ジャニーヌが目をきらきら輝かせながらローラに笑いかけた。「あんなにすてきな男性はめったにいないと思わない？」

ローラは精いっぱいほほ笑んだ。「ファルコは幸せね」まだ赤ワインが半分ほど残っているグラスを手にして、ジャニーヌと一緒にパティオに向かった。白い錬鉄製のテーブルにコーヒーの用意ができている。急に好奇心に駆られて、ローラは尋ねた。「あなたはファルコと知り合ってどれくらいなの？」

「二、三カ月といったところかしら。そんなに長くないわ」ジャニーヌは真剣な表情になった。「でもファルコは私の人生をすっかり変えてくれたの。彼を知ったのは、私の人生で最高のできごとだわ」

「そういうことはよくあるわね」

「ええ、でも私は本気で言っているのよ。ファルコのおかげで私の世界は変わったの」

ローラはためらった。何か警告しておくべきだろうか。ファルコに対するジャニーヌの献身的な愛情は危険だった。しかしローラの決心がつく前に、ファルコが戻ってきた。

「ジャニーヌ、君に電話だ」ファルコが言った。

ジャニーヌが急いでファルコの方に行った。彼女が近寄ると、ファルコは腕をつかんで耳もとに何かささやいた。ジャニーヌの様子から優しい言葉であることがわかった。彼女はにっこりと笑い、両腕をファルコの首にからめてキスした。それから急いで電話のところへ行った。

愛は夢のようなもの――ローラはワインをすすりながら、皮肉な気持で思った。ファルコは、ローラが彼らの方を見ているのに気づかないようだ。ファルコがポケットに手を入れ軽い足取りでパティオに入ってくると、ローラはまっすぐに彼を見すえた。

「ありがとう」コーヒーを持ってきたアンナに声をかけると、ファルコはローラの正面に立って言った。

「ほめる機会がなかったけれど、今夜の君は、目が覚めるくらいきれいだよ」

「そう?」ローラの口調は冷ややかだった。ファルコにほめる機会がなかったのは、恋人がずっとそばにいたからだ。

ファルコはローラの目を見た。

「そうだ、その色は君にとてもよく似合う。僕はいつも君にブルーの服を着てほしいと思っていた」

ファルコの恥知らずな態度に、ローラは怒りを抑えられなくなった。「それを覚えていたら、赤い服を着てきたわ」ぴしゃりと言い返す。

驚いたことに、ファルコは笑みを浮かべただけで、目をそらそうともしなかった。それから、少し表情が変わり、黒い目を細めた。

「君はまだ僕の質問に答えてくれていないな」

ローラは一瞬、なんのことかわからなかった。顔をしかめてきいた。「どんな質問だったかしら?」

ファルコはじっとローラを見つめている。「前に君にした質問だ。教えてくれないか。ベルというのは誰なんだ?」

ローラは突然目の前が真っ暗になり、その場に凍りついた。「誰でもないわ」声がかすれる。

「誰でもないなんてありえないだろう」ファルコは視線をローラから離さない。奇妙なほど無表情だ。「君が電話でベルという名前を口にしているのを耳にしたんだ」

そうだったの。それでファルコはベルのことを知っていたのね!「私の電話を盗み聞きしたのね!」防御のために、ローラはすぐ攻撃に出た。「なんて卑劣なまねをするのかしら!　恥ずかしくないの?」

「偶然だった」ファルコは落ち着き払っている。「ときどき、電話が混線するんだ。僕が電話しようとしたとき、たまたまそうなったんだ。全部聞いたわけじゃない……すぐに受話器を戻したからね……でも君が〝ベルはどう?　元気にしている?〟と言うのだけは聞こえた」

ファルコは言葉を切った。黒い瞳がローラを刺し貫くかと思われた。

「君の心配そうな話し方が気になって、ベルが誰か考えずにはいられなかった」

「誰でもないわ。言ったでしょう。あなたとは無関係な人よ」

内心でほっとしていたが、ローラの声は荒々しかった。

やはりファルコはベルのことに気づいてはいない。私の娘だということも、まして自分の娘だとは思ってもいない！　ただ私をうろたえさせたくて、私の私生活を探っているだけなのだ。

ローラは繰り返した。「彼女のことはあなたにはなんの関係もないわ」

ファルコはまだ目を離さない。「だったらそんなに動揺する必要はないだろう。単にきいただけなんだから」突然、ファルコは手を伸ばしてローラの腕に触れた。

いきなりファルコの手の温かさが伝わってくると、ローラの肌はちくちくと痛み出し、鼓動が激しくなった。彼の手が引き金を引いて、ローラの中で何かが爆発したような感じだった。

ローラはファルコの手を振り払ってにらみつけた。「自分の恋人の姿が見えなくなると、すぐに別の女性に手を触れるなんて、それでも恥ずかしくないの?」怒りで息がつまった。

「どんなにあなたを軽蔑しているか、わかってもらいたいものだわ!」

そして、ローラは自分でも驚いたが、ファルコの顔にワイングラスの中身を浴びせかけた。空になったグラスをテーブルにたたきつけるように置くと、急いで室内に戻った。すっかり混乱して、ファルコから逃げることしか考えられなかった。

7

中庭《パティオ》での芝居じみた激しいやりとりのあと、ローラはしばらくファルコを避け続けた。

それからの数日間、ローラは別荘の中を調べたり、何枚ものスケッチを描《か》いたりアイディアを書き留めたり、ファルコから自由に使っていいと言われていた自転車に乗って外に出かけたりした。浜辺でジャニーヌとくつろいだ時間を過ごすこともあったし、テラスで冷たい飲み物を楽しんだりもした。

ローラが誘うと、ジャニーヌはほとんどいつも、つき合ってくれた。彼女はいつも一人だった。ファルコが一緒にいることはめったにない。

「ファルコはあなたをちょっとほうっておきすぎるんじゃない？」ある午後、泳いだあとで、砂浜に広げたタオルの上で横になっているとき、ローラはさりげなく尋ねた。ジャニーヌを困らせたり不安にさせるつもりはなかったが、ここ数日ファルコを見かけるのは食事のときだけだった。

ジャニーヌは気にしていないようだった。「あら、ファルコは忙しいのよ」穏やかにほほ笑みながら、ジャニーヌは腕にサンオイルを塗っている。

「ファルコはあなたを一緒に連れていかないの?」もし彼が私の恋人だったら、とローラは思った。こんな長い時間一人きりにされたら、ジャニーヌほど寛容にはなれないだろう。

ジャニーヌは首を振った。「ほとんど仕事なのよ。私を連れていったら、邪魔になるだけだわ」ジャニーヌは無邪気なグレーの目をローラに向けた。「ファルコは何が一番いいかわかっているの。私はほうっておかれても、彼を責めたりしないわ。ファルコは私にとてもよくしてくれる。彼を崇拝してるわ。本当よ」

そういう言葉に返事はいらない。ローラは肩をすくめて話題を変えた。だが、気がかりではあった。ジャニーヌは本当に危うい立場にいた。

「君は永遠にそこにいるつもりなのかと思ったよ。飛び込んで、君を海から引き上げようか迷っていたところだ」

「ご親切なこと」ローラは水のしたたる頭を振って、シュノーケルのマウスピースを外した。潜水マスクのガラス越しに不愉快な顔つきでファルコを眺め、ジャニーヌが一緒かどうか目を走らせた。ファルコは一人だった。すぐにローラは何かよからぬことが起きたのを察した。

ローラがアクアマリンの海にただよっているのを、ファルコは岩場に腰を下ろしたまま見つめていた。

「この近くを通りがかったら、君の自転車があった。それから君の服や持ち物が岩場に置いてあるのに気づいた。それで少し待っていれば、君が何をしているかわかるんじゃないかと思ってね」

通りがかったですって！　私の一日をだいなしにするつもりで捜し回っていたんでしょう。この岩場は別荘から数マイルも離れていて、地理的には島の反対側にある。ローラは自転車でほとんど一時間近くかけて来たのだ。

「私は海底で貝殻を集めていたのよ」そう言いながら、ローラは浅瀬を伝って岩場の端まで行き、突き出した小さな岩棚のくぼみに置いてあった貝殻のそばに、集めたばかりの貝殻を並べた。

すぐ近くにいるファルコの日焼けしたしなやかな足に触れないよう、ローラは細心の注意を払った。

「とてもきれいだ」ファルコは体をかがめて彼女の集めた貝殻を見た。「何か特別な理由で集めているのかい？」

「実を言えば、そうよ」

ローラは潜水マスクのガラス越しにファルコを見上げて、顔をしかめた。ファルコは白のTシャツとズボンという格好で座っている。自分の存在がローラをいら立たせていることとを充分承知しているのだ。しかもその表情から判断すると、ローラの当惑をおおいに楽しんでいるようだ。彼女はファルコに向こうに行ってと言いたかったが、さすがにそこまでは言えなかった。ここは彼の島であり、彼の岩場なのだ。彼には当然ここにいる権利がある！

「貝殻を集めている理由を聞かせてもらえるかな？　それとも自分で推測しなきゃだめかい？」ファルコはほほ笑みながら言った。そう、彼はこの状況を充分に楽しんでいる。

ローラは肩をすくめた。青い海面から出ているのは肩だけだった。「話してもいいわ。秘密ってわけじゃないから。珊瑚《さんご》と貝殻でモザイクを作って、別荘の廊下に飾ったらどうかなと思っているの」

ファルコはちょっと考えていた。「きっとすごく印象的だろうな」

「特に玄関ホールにはね。屋内と屋外の環境を結びつけることができるでしょう」

「そのアイディアは気に入ったよ」

「うまくいくかどうか確信はないけれど」ファルコが賛成したおかげで、ローラはそのアイディアがいやになり始めていた。

「二人で試してみようよ」

「ええ、私はそのつもりだったの」ファルコが二人でと言ったので、ローラは私という言葉を強調した。子供じみているとわかっていたが、ファルコが相手だとそうなってしまう。

沈黙が訪れた。ローラは海中に体を浮かせている。ファルコは岩にもたれかかって言った。「僕のことは気にしないでいいよ。このまま作業を続けてくれ」

海面に浮かび上がるたびにファルコが待ち構えているとわかっていながら、どうしてそんなことができるだろう？　ローラは潜水マスクを頭の上に押しやった。なんとかファルコを追い払わなければ。

「どうしてここにいるの。なんの用か言ってくれたら、それを片づけて、それぞれ自分の仕事に専念できるんじゃないかしら」

「通りがかっただけだと言っただろう」

「それでおしゃべりすることにしたの？　ねえ、私は忙しいのよ。おしゃべりしてる時間はないわ」

「だったら、ここに座って君を見ているだけにする。僕には同じことだ。君に異存がなければね」

ローラは大きく息を吸って、ゆっくりと十まで数え、自制心を取り戻そうとした。

「時間をむだにしているように思えるわ」ローラは静かに言った。

「むだにするのは僕の時間だ」ファルコは腰を落ち着けるように、長い脚を伸ばした。

「それに、君を僕だけのものにできるのはずいぶん久しぶりだ」

ローラは海中でいら立たしげに体を揺らした。「それはさぞつらかったでしょうね」

「近ごろはよくジャニーヌと一緒みたいだな」

「仕事をしていないときだけよ」

「君とジャニーヌは友情を深めたようじゃないか」

ローラはファルコのいやみを無視した。「いつもここにいるのはジャニーヌだけでしょう」

「食事のときも、君はジャニーヌのそばにくっついている。二人で僕を避けているんじゃないかと疑い出してるところさ」

ローラは顔をしかめて、ファルコの言葉をはねつけた。ジャニーヌのそばに座るほうがいいのは確かだが、彼女にくっついているわけではない！

でもファルコの言うとおり、彼を避けようとしていたのは本当だ。「私があなたと親しくしなければいけないような理由があるのかしら？」

「謝るためだろうな」

「何を謝るの？」

「僕のシャツと気に入っているネクタイをだいなしにしたことを」

ローラは真っ赤になったが、謝らなければいけないような気はした。人の顔にワインを浴びせるなど、いつものローラならやらないことだ。しかし、ファルコにはそうされるだけの理由があった。ジャニーヌの姿が見えなくなったとたんに言い寄ってきたのだから。

ああいう行為には、ローラは我慢ができなかった。

「本当にだいなしになったの？」

「赤ワインは落とすのがむずかしい」ファルコはちょっとローラを見つめた。「ああいうことは、本当に君の気にさわるんだな」

「不誠実ということ？」

「そうだ」

「ええ。すごく気にさわるわ」

ファルコは苦々しげに笑った。「おかしいな。僕をかついでいるんだろう」

「どういう意味かしら？」ローラはまた赤くなった。彼は書斎でのできごとをほのめかしているのだ。

しかしファルコはもっと昔のことを持ち出した。「前にも言ったことだが、昔の君はそんなに潔癖じゃなかった。三年前は、僕が君の前からいなくなるとすぐに、ほかの男のもとに走ったじゃないか」ファルコは鋭い目でローラを見すえた。「だから、君の高邁《こうまい》な道徳観念を僕に説くのはやめてくれ！」

ローラは不愉快になった。ローラのことをまるで娼婦《しょうふ》といわんばかりだ。彼は険しい表情で非難の言葉を続けた。「君がどんなに僕を軽蔑《けいべつ》しているかわからせようとするのも、時間のむだだ！　君には軽蔑という言葉の意味さえわかっていない。でも僕にはわかる。

君が教えてくれた。僕の父の金を受け取ったときにね。そのために君をどれほど軽蔑したか、自分があれほど誰かを軽蔑できるなんて思ってもいなかったよ」

ローラは海に沈んでしまいたかった。ファルコの視線から逃れられるならなんでもよかった。ローラの顔は青ざめた。無言でファルコにやめてくれるようにと嘆願していた。

それでも彼はやめなかった。ローラに対する怒りと憎悪が全身からほとばしっている。

「どんな気分だ？　自分が金のためならなんでもする人間だとわかっていながら生きていくのは、どんな気分がする？」

ローラはファルコの言葉を聞いていなかった。後ろへ、海の方へとただよい出していた。目は熱い涙でかすんでいる。

ファルコは立ち上がって、どなっている。「鏡に映る自分の顔をまともに見られるのか？　そんなことができるのか？　自分がいやにならないのか？」

ローラは両手で耳を押さえて、逆上したように脚を動かした。それでもファルコの声は聞こえ、ローラを傷つけた。

突然、ローラの中で何かが音をたててはじけた。

大きく息を吸い込み、ファルコに向かって叫んだ。「私はお金なんて受け取っていないわ！　一ペニーだって！　一ペニーもよ！　聞こえた？」

それからローラは沖へ向かって夢中で泳ぎ始めた。目からあふれる熱く塩辛い涙が冷たく塩辛い海水と混じり合う。

ずっと泳ぎ続けるのだ。体がくたくたになるまで。手足が動かなくなるまで。

だがローラはすぐに引き戻された。体をつかまれたかと思うと、燃えるような黒い瞳ににらまれた。

「なんて言ったんだ?」

ローラはすすり泣きで声が出なかった。ファルコは乱暴にローラを揺さぶった。

「なんて言ったんだ? 君は金を受け取らなかったって?」

ローラは弱々しく首を振った。「たったの一ペニーも! さわりさえもしなかったわ。あなたのお父様の汚いお金なんか、さわりもしなかった!」

ファルコはローラをつかまえながら、暗い瞳でじっと見つめた。「本気で言ってるのか? 本当のことなんだな?」

「どうして私を信じてくれないの? 私をどんな人間だと思っているの?」込み上げる涙で喉がつまった。「私がそんなことをするなんて、どうして信じたりするの?」

ファルコは両腕をローラの体に回し、優しく抱き寄せた。

「信じている。信じているよ、ローラ。君の言うことはすべて」

「本当に?」ローラは泣いてはればったくなった顔でファルコを見上げた。彼の真意を知るのが何よりも重要なことに思えた。

「本当だ。間違いなく本当だ」ファルコはローラの顔から涙をぬぐい、こめかみにそっと唇を押しつけた。「自分が間違っていたことがわかって、こんなに幸福な気持になったのは初めてだ」

ローラは半信半疑でほほ笑んだ。「あなたらしくもないわね」

突然、ローラは驚くほど体が軽くなったような気がした。そして、自分を抱いているファルコの腕と引き締まった体の筋肉を痛いほど感じ取った。彼はTシャツとズボンを身に着けたままだ。

ローラは引きつったように笑った。「服を着たままで海に飛び込んだのね！」

ファルコはローラをさらに強く抱き締めた。「なぜもっと早く話してくれなかったんだ？　どうして僕がむりに聞き出す前に言わなかった？　あの手紙をくれたときはそれを話すつもりだったのか？」

ローラの胸で千々に乱れる感情がせめぎ合った。ファルコにすべてを告げてしまいたいとも思ったが、慎重に半分だけ答えることにした。「そうよ」

ファルコは苦しそうに重い吐息をもらした。「すまなかった。僕を許してくれ」ローラをしっかりと抱き締めながらつぶやいた。

ファルコからそんな言葉を聞けるとは、ローラは夢にも思わなかった。胸がつまった。

ローラはため息をついてファルコの首に両腕を巻きつけ、祈るように、彼の名前をささやいた。「ああ、ファルコ！　ファルコ！」

「ローラ……ローラ……」ファルコは少し体を離して彼女を見つめた。「わかってやるべきだった。君があんな金を受け取りはしないと、君から聞かなくてもわかっていなければいけなかったんだ」

「いいえ、あなたにわかるはずがないわ」

ローラは首を振って口を閉じた。急に、どんな言葉もいらなくなった。澄んだ青い海に浮かんで、互いを見つめ合い体を寄せ合っているだけで、過去は流れ去っていく。説明の言葉などもう必要なかった。

そのとき、激しい感情に体を震わせながら、ファルコは顔を近づけローラにキスした。

あとになって、あの魔法のような瞬間を思い出すと、ローラは胸にナイフを突き立てられたようなショックを感じた。おそらく生涯にわたって、あの瞬間のことは細部まで焼きつくように記憶に残っているだろう。

二人はしっかりと抱き合って飢えたように口づけを交わし、嵐《あらし》のような感情にのみ込まれて我を忘れた。世界には二人だけしかいなかった。

「どうかしているよ！」とうとうファルコが口を開いた。「こんなことをしていたら、二人ともおぼれてしまう！」

「かまわないわ！」ローラは笑った。本気でそう思った。そのまま死んでも幸福だった。「僕はいやだよ。さあ、行こう」ファルコはローラの体に両腕を回し、自分の胸に乗せると、彼女を抱えるようにして、背泳ぎで岩場の方に泳いでいった。「もう君を失うわけにはいかないんだ」ローラの髪にファルコはささやいた。

海から上がると岩場は暖かく、午後の暑い太陽が二人の背中に照りつけた。岩の上に広げてあったタオルに横たわり、ローラは驚きと興奮を感じながら、ファルコを見上げた。彼はぬれたシャツとズボンを脱いでブルーの水泳用のトランクス姿になった。

ほっそりとしなやかなみごとな体だ。広くがっしりとした肩、マホガニー色に日焼けしたなめらかな背中、引き締まった脚。ファルコを見るだけで、その体に寄り添うときの感触を想像するだけで、ローラの胸が震えた。

ぬれたTシャツとズボンを乾かすために広げてから、ファルコは振り返り、微笑を浮かべた不安そうな顔でローラを見つめた。

「さあ、質疑応答の時間だ」おどけたように言うと、ローラの隣に腰を下ろして彼女の首にキスした。「僕が納得するまで君はこの岩から離れられない」

ローラはうっとりした笑顔を返した。ファルコにすべてを話したかった。ベルのことも含めて。でも彼女の話は最後にするつもりだ。ベルのことは、問題がすべて片づいてから、ファルコに贈り物として打ち明けたかった。

ファルコはローラの方に身を乗り出し、黒い瞳に強い期待を込めて彼女の顔をのぞき込んだ。

そしてローラの頬にかかったぬれた髪を払いのけてキスした。「君は金のために僕と別れたわけじゃなかった……それははっきりした」ファルコは一瞬息を止めた。「だったら、なぜ姿を消したんだ?」

二人の間に立ちはだかっていた壁が崩れていく。ローラはそのことに満足と驚きを感じながら、ファルコの顔を見つめた。でも彼の質問に答える前に、ローラのほうにもききたいことがあった。

「私がお金を受け取ったと、あなたはなぜ確信してしまったの?」

ファルコはため息をついて首を振った。「父から証拠を見せられた。父が君に与えた銀行小切手のコピーだ」

ローラはそんなことは考えてもみなかった。「その小切手が現金化されなかったこともあなたに告げてほしかったわ。私はその小切手を引き裂いたの。お父様のオフィスで。引き裂いてお父様の顔に投げつけたわ」

いつもファルコの父に感じていた嫌悪と軽蔑を、激しい行為で見せつけたあの向こう見ずな瞬間を、ローラは苦々しく思い起こした。ファルコの父がショックを受けた顔を見るのは快感だった。彼は今にもローラを絞め殺しそうな表情を浮かべていた。

「父が君をオフィスに呼びつけて、僕と別れる手切れ金を渡そうとしたのか？」

「そうよ」

「そして君はそれを拒絶し、小切手を引き裂いたんだな？」

ローラは苦笑した。「お父様は人生で初めてお金では買えない人間に出会ったのよ。それが信じられないようだった。お父様は気が変になるんじゃないかと思ったわ」

ファルコは吐息をもらした。「想像できるよ」それから頭をそらして、空を見上げた。

ローラはファルコの暗い横顔を見つめた。何を考えているのだろう？　自分の父親に対する厳しい言葉を聞いて不快に思っているのだろうか？

ファルコはまたローラの方を向いた。「でも結局、君は僕と別れた。金は受け取らなくても。なぜだ？　僕が本当に知りたいのはそのことだ」

ローラは深呼吸した。「お父様に脅されたの」

ファルコの体がこわばった。「父は何を言って君を脅迫したんだ？」

「私の父のことよ。私があなたとの関係を断たなければ、父を破滅させると言ったわ」

「なんだって？」ファルコは茫然《ぼうぜん》としてローラを見返した。「もう一度言ってくれ。どういうことか詳しく話してくれないか」

ローラの鼓動が乱れ始めた。もう三年も前のできごとなのに、あのときの苦悩は今もローラの中に残っている。これまで誰にも話したことはなかった。

「とても単純な話よ。あなたと別れなければ、私の父を解雇すると言われたの。そのときまで父はロス工業に二十五年間も勤めていたのに」

ファルコはうなずいた。「君のお父さんは優秀な電気技師だった。覚えているよ」

「最高の電気技師よ。不幸なことに、父は心臓の具合が悪かった。仕事ができないほどではないけれど。それに、その話があったとき、父はもう五十歳を超えていたわ」ローラはつばをのみ込んだ。つらい思い出で口の中が乾いてきた。ファルコがなだめるようにそっとローラの髪を指ですいていた。ローラは続けた。「あなたのお父様はただ父を解雇するだけでなく……二度と働けないようにすると言ったわ」

ファルコの指が止まった。瞳に暗い影が差した。「本当か？　そんなこと信じられない。無茶苦茶な話じゃないか。ひどすぎる！」

「ひどすぎるけれど、本当よ」ローラは胸が苦しくなった。彼にとっては受け入れがたい話だとわかっていた。

ため息をつくと、ファルコはローラから離れてあおむけに横たわり、空を見上げた。ローラは彼の目を見ることができなかった。

「お父様は本気で言っていたわ。だから私もその脅しを深刻に考えなくてはいけないと思ったの。父が無残に解雇されるのを黙って見ているなんてできなかったわ。そんなことをされたら、父はきっと死んでしまったでしょうね。品位を重んじる誇り高い人だから」

短い沈黙が流れ、やがてファルコが静かに言った。「どうして、そのときすぐ僕に話さなかったんだ?」

「できなかったわ。私があなたに話したら、即座に父を解雇すると言われていたの。私にはどうすることもできなかった。あなたのお父様の言葉に従うしかなかったのよ」

「僕に話すべきだったんだ! 何が起きているのか、僕に話すべきだった!」ファルコは叫んだ。

「そうしたら、あなたは何をしたかしら?」ローラは起き上がって、ファルコを見た。「あなたがお父様のところへ行ったら、私があなたに話したのがわかって、父はすぐに解雇されてしまったでしょうね。それを阻止することはあなたにはできない。あなたのお父様は社長で、自分の望むことならなんでもできたわ」

ファルコは罵声《ばせい》を放って目を閉じ、怒りを静めようと深くゆっくりと呼吸していた。それから手を伸ばしてローラの手を痛いほど握り締めた。

「それで君はあきらめて、僕に手紙を書き、すべてを捨ててロンドンに行ってしまったのか?」

ファルコがそう言うと、あまりにも簡単なことに聞こえた。わかってはもらえないだろう。彼と別れるのは私にとっては死ぬほどつらかった。

ローラはつぶやいた。「ほかにどうすることもできなかったわ」

ファルコは苦悩に満ちた目でローラを見すえた。その視線はローラの頭を貫いてしまいそうだった。

ファルコはローラを抱き寄せた。「君の言うとおりだ。君にはどうすることもできなかった」

彼はローラを固く抱き締めて、背中をさすった。ファルコの心臓の力強い鼓動がじかにローラの胸に伝わってきた。

ファルコはローラから手を離さずに、少し体を後ろに引いた。

「それから、何が変わったんだ？　君があの手紙を僕に出したときは、何か変わったことが起きていたはずだ。まだお父さんの仕事について心配していたら、君は僕に手紙は書かなかっただろう」

ローラはうなずいた。「ええ、事情は変わっていたわ。あのころには、私の仕事もとても順調になっていたの。貯金もできて、父が自分で仕事を始めるためにいくらか資金を提供することができたわ。父はそれが夢だったけれど、なかなか実現しなかった。健康状態が原因で銀行からお金を借りられなかったからよ。私があなたに手紙を書いたときには、父はロス工業を辞めていたわ」

ローラはちょっと眉をひそめた。ファルコは自分の会社から一級電気技師の一人が辞職したことに気づかなかったのだろうか？　でもローラはとりあえずそれは脇《わき》に置いた。

「だから父はお父様の脅しからは逃れられたの。もうお父様にはどうすることもできなかったわ」

「まったくなんていう話だ。君が僕の父を恨んでいる理由がやっとわかった」

ファルコはローラの顔にキスし、それから二人で静かに横たわった。彼の手がローラの髪を優しくなでる。海のざわめきに混じって、二人の息遣いと鼓動だけが聞こえていた。

ローラはこうして二人が横たわっている時間がずっと続けばいいと願っていたが、心の片隅にわだかまりがあるのに気づいていた。ファルコにはもっと話すつもりでいた。すべてを話すつもりでいたはずでは？　でも何かが、本能的にもう黙ったほうがいいと警告していた。まだ秘密を明かしてはいけないと。

ローラの父がロス工業を辞めたことをファルコは知らなかった。そのせいだろうか？その事実が、彼はやはり父親に似ているとローラに思わせたからだろうか？

ローラは心が冷え切っていくような感情を消したくて、ファルコにすがりついた。しかし、それを消し去ることはできなかった。

太陽が水平線に沈みかけると、ファルコはやっと体を動かした。「そろそろ帰ったほうがいいな。別荘に戻って何か食べよう」

ファルコが立ち上がって、乾いたTシャツとズボンを着るのを、ローラは見つめていた。胸の奥に孤独な思いが広がっていった。ほんの短い間に、何もかも変わったように思えた。

でも本当は何も変わっていないのだ。

ローラは水着の上からサンドレスを着て、集めた貝殻や持ち物をまとめた。そしてファルコのあとから、彼が車を止めた場所まで歩いていった。彼はローラが乗ってきた自転車を車のトランクに入れた。

ファルコがいきなり振り向き、目を細めてローラを見た。「もう一つききたい。君が住んでいたあのフラットのことだ……。セント・ジョンズ・ウッドの中心にある贅沢《ぜいたく》なマンションだった……僕の父から金を受け取らなかったのに、どうしてあんな場所の家賃が払えたんだ？」

ローラは顔をしかめた。「それは話すと長くなるの。いつか別のときにお話しするわ」

そう答えながらローラの鼓動は乱れた。実際にはそれほど長い話ではない。あのフラットに住めたのは、ちょっとした幸運に恵まれたからだ。でもなぜか彼には話さないほうがいいと思った。

ファルコはそれ以上はきかずに、肩をすくめた。「わかった。それなら、いつか話してくれ」

二人は車に乗り、別荘に向かった。ローラはしだいに落ち着かなくなり、ファルコと離れて一人になりたくなった。どうしてそんな気持になるのか自分でもよくわからなかった。

会話を避けるかのように、ローラは膝の上に広げたハンカチに貝殻を並べ、無意識にいくつかの山に分けていた。

私はただ疲れているだけよ。そう自分に言い聞かせた。緊張に満ちた一日だった。状況の変化に慣れるために少し時間がかかるのだろう。

ローラはファルコに見られているのに気づかなかったので、いきなり話しかけられてびっくりした。

「その貝殻の山はなんだい？」

ローラは半ばうわの空で答えた。「これは壁に使えるわ。これは使うかどうかわからないもの。そしてこれは家に持って帰ってべ……」

ローラは舌をかみそうになった。心臓が凍りついた。ファルコの静かな声が聞こえる。

「君はベルと言うつもりだったんだろう。いつか僕たちが話したベルと同じ名前だね。君は特別な人じゃないと言った」

ローラはファルコを見ることができなかった。両手が膝の上でこわばっている。

そのときはもう車は別荘の門口に入り、ローラはファルコの質問に答えずにすんだ。車が玄関に近づくとジャニーヌが飛び出してきて、車に駆け寄ってきたからだ。

「どこに行っていたの？　すごく心配したわ！」

ローラは愕然《がくぜん》とした。すっかりジャニーヌのことを忘れていたのだ。今日の午後、あの岩場でファルコと一緒に過ごしたとき、彼女のことは一度も頭に浮かばなかった。

ローラは自分がなぜファルコに秘密を打ち明けることができなかったか、やっとわかった。生存本能か良心、あるいは道徳観か何かがローラを押しとどめたのだ。

昔はどうであれ、今のファルコはジャニーヌの恋人だった。

ローラは胸が苦しくなった。ローラはすでに漠然とではあるが、秘密を明かしてしまった。ファルコは鈍感ではない。推測するだろう。もうベルが誰かわかっているはずだ。少なくともローラの娘だということには気づいているだろう。

ジャニーヌが車のそばに来る前に、ローラはすばやくファルコを見た。そして言わなければならない嘘《うそ》を急いで口にした。

「さっきセント・ジョンズ・ウッドのフラットのことをきいたわね……私がどうやって家賃を払ったか……実は簡単な話なの。私の恋人のものだったのよ。あなたが知っている男性だわ。派手なネクタイにヒットラーのようなひげを生やしたあの骨董商《こっとうしょう》よ」ローラは長く震える息をついて、なんとか言葉を続けた。「そしてベルは、あなたが知りたがっているベルは……その男性と私の子供なの」

それだけ言うと、ローラは車を降りまっすぐ別荘に向かった。こぶしをきつく握り締める。心臓が破れそうなほど激しく打っている。ローラは揺れ動く泥板岩の上を歩いていて、今にも底なしの暗い穴にすべり落ちていきそうな気がした。

8

絶望に駆られて口走った嘘《うそ》のおかげで、ローラはまた安全な状況を得た。

ファルコがあの嘘を信じたからだ。ローラの娘の父親が三年前に見かけた骨董商《こっとうしょう》だということを彼は信じた。彼の目は陰りを帯び、表情には苦痛がにじんでいた。いや苦痛ではない、とローラは思い直した。あれは、すさまじいまでの嫌悪だった。

ローラにはよくわかっていた。すさまじいまでの嫌悪を自分でも感じていたからだ。しかし、そう言う以外に何ができただろう？　ファルコはベルがローラの娘だということに気づいている。しかしファルコが父親だと知らせるわけにはいかない。

ローラは白い綿のバスローブを着て、部屋のバルコニーに出た。手すりにもたれて、空を見上げる。結局、ローラがここにとどまりファルコの仕事を引き受けたのはむだだった。秘密を守るためにファルコをロンドンに行かせたくなかったのだが、彼は今ではベルのことを知っている。

いや、それでもやはり、ここにとどまってよかった。ファルコはベルのことを何もかも知ったわけではないのだ。もし彼がロンドンに行って、ローラの同僚にあれこれ尋ね回ったら、すべてが明らかになってしまったかもしれない。ローラの友人たちは、ベルの父親が誰か知らない。でも何人かの親友には、ベルの父親はローラがソリハルにいたころに知り合った人だと打ち明けてある。

ローラは目を閉じて大きく息を吸い込んだ。あのひどい嘘で救われた。娘の秘密だけではない。ローラがあの嘘を口にしたときにファルコの顔に浮かんだ表情を見てわかった。二人の間に立ちはだかっていた壁は、ほとんど壊れそうになっていたが、また築かれた。そのことにローラは複雑な安堵《あんど》を感じていた。今日の午後のできごとで、すっかり混乱していたからだ。

二人はもう少しで……そう、和解できるところだった。ローラの胸に苦い思いが広がった。彼女とファルコの間に和解などありうるはずがない。そうなるにはあまりに多くの憎しみや傷や偽りがある。たとえローラが和解を願ったとしても……。しかし彼女はそんなものはまったく望んでいなかった。

それでも、今日の午後に何かが起きたことは確かだった。目を見張るような、深く心を揺さぶるようなできごとだった。相手を思いやり、気持を通い合わせることができた。ほんの一瞬、憎悪の黒いカーテンが取りのぞかれたのだ。

それはまるで昔の日々に戻ったようだった。海の中でキスを交わし、岩場で並んで横たわったとき、ローラにはファルコがごく自然に身近な存在に思えた。ローラはうれしかった。それは否定できない。ファルコの腕の中でゆったりと安心し切って横たわっていると気分が安らいだ。そんな感覚は長いこと忘れていた。二人が一緒に過ごしたあの最後の夜以来のことだった。

本当にそうなのだろうか？　そうだと認めるのは、ローラにはいささかショックだった。この三年間が急に孤独でむなしいものに思えてきた。そんなはずはない。仕事にも恵まれ、実り多い歳月だったのだから。

ローラは顔をしかめて夜空を見上げた。この三年間は充実していた。不誠実な男の当てにならない援助なしでも、一人で立派にやっていけると証明してきた歳月なのだ。

ローラは吐息をもらした。でもときには、少し寂しい思いをしたのも事実だった。そんな考えを脇《わき》に押しやり、ローラは夜空の星に目をこらした。今日の午後、彼女が過去のことを打ち明けた理由がなんであれ、断じて和解を求めるためではない！　そろそろ本当のことを明らかにする時期だったのだ——少なくとも真実の一部を。

ローラはファルコの父親からは一ペニーも受け取ってはいない。彼女は買収されるような人間ではない。その事実をはっきりさせるのは、自分自身に対する義務だった。

ローラはため息をついた。夜の空気は暖かくいい香りがする。軽やかな羽根のようにローラを包んでくれた。星の光を受けて暗闇《くらやみ》の中できらめく海を見つめながら、彼女は結論を出した。ファルコに打ち明けたのは正しかった。

しかし、まだ残っている嘘はそのままにしておこう。ベルのために、そして今日の午後に起きたことのために。あのようなできごとは二度とあってはならない。

ふいにあのときの感覚が戻ってきて、ローラはバルコニーの手すりをつかんだ。一瞬、同じ炎がローラの官能を燃え上がらせ血を騒がせた。ファルコの唇の熱さを自分の唇に感じ、しなやかでたくましい体の力に身をゆだねてしまいたいという強烈な欲望がよみがえってくる。

心に冷たいものがよぎり、ローラは我に返った。それが嘘の壁を残しておく理由の一部だった。ファルコとの間に距離を置くため――こんなおかしな状況に二度と陥らないようにするためだ。ローラは気づいていた。ファルコの憎しみは、ローラが小切手を受け取ったと思い込んでいたせいもあるが、それよりローラが彼を裏切ったと信じているからなのだ。

ローラを不誠実な女だと思い込んで、ファルコは彼女を信じなくなった。ローラが別の恋人のために、さっさと冷酷に自分を捨てたとファルコが思い込んでいるかぎり、二人を隔てている壁は決して崩れることはないだろう。そうであれば、ローラとジャニーヌは平穏でいられる。

二人で車で別荘に戻ったとき、ジャニーヌがどんなに不安そうな顔で待っていたかを思い出して、ローラは眉をひそめた。良心が痛んだ。ジャニーヌは本当に傷つきやすい。彼女のいないところで何が起きているか気づいたら、ジャニーヌは打ちのめされてしまうだろう。

でもそんなことは決して起きない。ローラは唇をかみ締めた。ジャニーヌのために、自分自身のためにそうしなければならない。

ファルコも同じ決心をしたようだった。それからの数日、彼はほとんど別荘にいたが、ローラがいる場所には近づかなかった。ローラが部屋に入っていくと、ファルコはすぐに出ていき、ローラが出ていくと入ってくる。

浜辺では、ローラが日光浴をしていると、ファルコは海に入って泳いでいる。ローラが海に向かうと、ファルコは浜辺に戻ってくる。

実際にファルコがローラを冷たくあしらったわけではない。廊下や浜辺ですれ違うときには、礼儀正しくうなずいたり、立ち止まって少し言葉を交わしたりした。

「仕事の進み具合はどうかな?」それがファルコがよく使う質問だった。

ローラの答えも決まっていた。「うまくいっているわ、ありがとう。まとまりかけてるアイディアがあるの」

「結構だ。その話を聞くのが楽しみだ。そのときがきたら、いつでも声をかけてくれ」

「そうするわ」ローラがそう答え、二人は別々の方向へ歩いていくのだ。自分にそう言い聞かせていた。ローラはそういう状態に満足していた。これなら大丈夫だ。それでも、ローラの無言の要望に合わせようとするファルコの熱心さには、奇妙に不安をかき立てるものがあった。彼は本当に納得しているのだろうか。

ほかにも変化があった。ファルコがジャニーヌと過ごす時間が急に増えたのだ。日光浴やダイビングに使う小さな木のいかだの上で、ファルコとジャニーヌが熱心に話し込んでいる姿を、ローラはよく見かけた。二人が話している声は聞こえなかったが、いずれにしても、ジャニーヌにはいい話のようだった。彼女の態度に自信があふれるようになり、顔も幸福そうに輝いている。

「僕たちはお昼にピクニックをするつもりなんだ」つい昨日、ファルコとジャニーヌが中庭《パティオ》に現れたとき、そこでスケッチブックを広げていたローラを見かけ、ファルコが声をかけた。「君も誘いたいけれど、忙しそうだね」

「ええ、そうなの。アイディアをいくつか描《か》いておきたいのよ。私はあとで軽い食事をいただくわ」

「本当にいいのかい？」

「ええ、もちろんよ」ローラはほほ笑んで、ファルコに目配せした。

心配しないで。私はあなたたちの邪魔をする気はないわ……あなたが私についてきてほしくないのはわかってるもの！

それからジャニーヌに向かって言った。「ピクニックを楽しんでいらっしゃい」

ジャニーヌはにっこりと笑った。「またあとでね」彼女の目の輝きは本物だった。苦悩にさいなまれて途方に暮れていた面影はすっかり消えている。

ローラはジャニーヌのために喜んだ。彼女にはそれくらいの幸運を手にする資格がある。

ファルコが品位のある行動をとることができるとわかったのも喜ぶべきだと思い、ローラは苦笑した。だが、昔のファルコはいつもそうだった。彼は品位のある行動ができる人間だ。自分でそう望めば、一人の女性をどこまでも幸福にできる男性だった。

ローラの胸に愛情と悲しみが混じり合った奇妙な感慨がわき起こった。ローラは長い歳月の間で初めて、ファルコとの関係が無残に壊れてしまったことを悔やむ気持になった。二人が出会ってから最初の数カ月間は、ローラの人生で一番幸福な時期だった。

ローラはそんな思いを急いでしりぞけ、もっと重要なことを考えた。

結局ファルコが与えてくれたのは、つかのまの幸福よりはるかに長く続く苦痛のみじめさだけだった。あんな一瞬の幸福をなつかしく思い出すのは、気弱で愚かしいことだ。

しかしその追憶はいつまでも尾を引いた。ローラはまた冷え冷えとした孤独感に襲われ、自分の人生には何かが欠けていると悟った。今まで自分では決して認めようとしなかったことだ。

その空虚なすきまをどうしてほかの男性に埋めてもらおうとはしなかったのか。そういう申し出をしてくれる男性はいくらでもいたのに。

ベルのためであり、そしてものごとを自然の成り行きに任せたかったためだ。ローラはすぐにそう答えたが、その答えにはなぜか以前ほどの説得力は感じられなくなっていた。心の奥の冷たいしこりはいつまでも残っていた。

ファルコが接近してきたのは、その翌朝だった。ローラがテラスで一人きりの朝食を食べ終わるころ、ファルコは居間からやってきて彼女の前に立った。

「そろそろ君のアイディアを聞かせてもらえるかな？ ジャニーヌは村まで買い物に行った。だから二人で話し合える。いい機会だと思うよ」

「ええ、いいわ。スケッチブックを取ってくるわ」

「朝食がすんでからでいい」立ち上がろうとするローラをファルコは身ぶりで制した。

「僕も一緒にコーヒーをもらうよ」そう言うと、ローラの向かい側の椅子に腰を下ろした。

「どうぞ。二人分は充分あるから」ローラはコーヒーポットをファルコの方に押しやった。

ジャニーヌの留守に改装の話をするのはちょっと変だ。ローラは食べかけのクロワッサンに目を落とした。急に食欲がなえてしまった。ローラの仕事上の経験では、男性が家の改装プランを話し合うときにはたいてい女性も一緒に来るものだ。

でもファルコは普通の男性とは違う。これも単に彼独特のやり方にすぎないのだろう。ローラも彼女も手放したくないということだろうか。そういうふうにも思える。ファルコは巧みにごまかしてはいるけれど。三年前のローラと同じように、ジャニーヌもファルコから愛されていると信じ切っているのだろう。最近のファルコの優しさを見ればむりもない。

ファルコがコーヒーを注《つ》いで一口飲むのを見つめながら、ローラは彼がそばにいるだけで動揺する自分に腹を立てていた。あの岩場で一緒に過ごしてから、二人きりになるのは初めてだ。ローラは胸の奥がざわめくのを覚えた。

ファルコは落ち着いている。「アルバを気に入ってくれたかい？　仕事以外でも少しは楽しんでもらえているかな？」

「ええ、もちろんよ」ファルコの平静さがかえって不安をかき立てる。「とても美しい島ね。あなたは幸運だわ」

「そうだな」ファルコは一瞬ローラを見つめた。「二人ともそれぞれに幸運だと思うよ」

ファルコは椅子にもたれかかり、ローラはどういう意味かと思案した。するとファルコは口調を少しも変えることなく、いきなり核心をついてローラを驚かせた。「君に幼い娘がいることを、どうして話してくれなかったんだ？」

「あなたのほうこそ、どうしてそんなに関心を持つの？」ショックを隠しながら、ローラは鋭くきき返した。ファルコをじっと見すえる。「私の私生活はあなたにはなんの関係もないはずよ」

「それはそうだ」ファルコはもう一口コーヒーを飲んだ。「でも幸福な母親というものは、僕の経験によれば、何かにつけて自分の子供の話をしたがるものだ」

ローラは思わず笑みをもらした。彼女もまさしくそうだ！　この島に来るまでは、いつも嬉々《きき》としてベルのことを話題にしていた。

それでもファルコを見る視線から敵意は消えない。「たぶん、娘のことを話す相手を選んでいるんだと思うわ」

太陽の下を通り過ぎる雲のような影がファルコの目をかすめた。それが消えると、こう言った。「先日ここに僕のアメリカ人の友達夫婦が訪ねてきたとき、君は娘さんのことを話したじゃないか。少なくとも、口には出しただろう」

やはりファルコはあの会話の裏にある私の心理に気づき、しかも今まで覚えていた。単に問いつめる時機を待っていただけなのだ。

ローラは目をそらし、ぎこちなく答えた。「あれは子供を恋しがっているほかの母親から聞いた話よ。私が言ったのは、その女性の気持がわかるということだけだわ」

「そうだな。君はすぐに自分の言葉を訂正した。その母親がどんな気持か想像できると言い換えて、うまくごまかした。どうして、そんな妙なことをしたんだ？」

ローラはまごついた。「表面的にはそう見えたかもしれないわ。でもそれには理由が……」こうなったら率直に言うしかないと決心した。「あんなふうに言ったのは、あなたに娘のことを知られたくなかったからよ。あなたは私の失言めいた言葉に気づかなかったかもしれないと思ったの。さっきも言ったように、私の娘のことは、あなたと話したくないの」

ファルコは黙ってローラを見つめた。それから静かな口調で言った。「どうしてなんだ？　君が未婚の母であることを、僕が非難すると思うと怖かったのか？」

なんて傲慢《ごうまん》な言い方だろう！　「あなたがどう考えようと、私は少しも気にならないわ。何度も言っているように、私の私生活はあなたとは無関係なのよ」

ファルコは、まるでローラが何も反論しなかったかのように、先を続けた。「念のために言っておくが、僕にはまったく非難する気はない。一人で子供を育てる気概のある女性には、いつも敬意を払っているんだ」

その言葉にローラが驚きの表情を見せると、ファルコは口を閉じた。それから、険しい口調になって続けた。

「僕が納得できないのは、君が自分の子供の父親として選んだ男のことだけだ」

「ええ、あれは不幸なことだったわ。事故みたいなものだったのよ」

「そうなんだろうな」ファルコは椅子に深くもたれて、ローラを見すえた。「ところで、君の秘密のベルは、何歳なんだ?」

ローラはすばやく計算した。「ちょうど二歳よ」実際にはベルは二歳と六カ月になるが、ファルコにそう言えば変だと感づかれてしまう。

ファルコはうなずいた。「君は娘さんの父親とはもうつき合っていないと言った。そういう意味では、不幸だと思う。父親の役割は過小評価されがちだけれど、僕はとても重要なものだと思っている。僕なら、自分の子供と別れることなど絶対にできないだろうな」

ローラは心臓がふくれ上がり、肋骨《ろっこつ》を圧迫しているような気がした。意識がかすむ中で、ファルコの顔を見つめる。ローラにはわかっていた。それを恐れていたのだ。だから秘密を守ろうとしてきた。それなのに、不可解にも、ファルコに対する温かい思いが胸にあふれてきた。ファルコは腹いせにベルを取り上げてしまうかもしれないと、ローラは自分に言い聞かせてきた。しかし本当に恐れていたのは、ファルコが愛情を抱くあまりにベルを連れ去ってしまうことだった。

果てしない沈黙の中で、二人は互いの顔を見つめながら座っていた。時間が止まってしまったようだ。やがて、ファルコが声を落として言った。「どうして君は、あの金を受け取ったなんて言ったんだ? ロンドンで僕が君をやっと見つけた日に、どうしてそれは嘘だと言わなかった?」

ローラは深く息を吸った。「私は怒っていたの。あなたがそんなことを信じたから、傷ついて腹を立てていたのよ。あんなふうに私を責め、あんなふうにどなりつけて……」

「あれは父に見せられたいいかげんな証拠のせいだった。そのことは、もう説明しただろう」

「でも、あのときは私はそのことを知らなかったわ。偽物の証拠なんて何も知らなかった。わかっていたのは、私がお金を受け取ったと責めてどなっているのが、あなただということだけよ」

ファルコはため息をついた。「そうだな。僕は自分を抑えられなかった」彼は首を振った。「しかし君は否定できたはずだ。あのとき、僕にはっきりそう言えばよかったんだ」

「むりだわ。父のことを考えていたから」

「君のお父さんのことはとにかく、ただ金を受け取らなかったと言うくらいはできただろう」

「できなかったわ。そんなことをしたら、あなたは私を質問責めにしたでしょう。自分の父親がどうして嘘をつくのか理解できなかったでしょう。どうやっても、私の父が巻き込まれる危険があったわ」

ファルコは黒い目を細めた。「そう、きっと僕は質問責めにしただろうな……それでも必ずしも君のお父さんに危険が及ぶとはかぎらなかったはずだ。僕は父が君のお父さんを解雇すると脅したことは知らなかった。君が教えてくれなかったら、誰からも聞かなかっただろう」

ファルコは少し押し黙った。

「君が受け取ったということになっていた金に関する嘘については、確かに父ならどんな言いわけもできただろう。君の話から察すれば、父にとって重要なのは、君が僕と別れることだった。そうだとしたら、君はもうその約束は果たしていたじゃないか」ファルコは強く首を振った。「納得できない。君が金を受け取ったことを否定しなかったのは、どうしても納得できない」

ファルコに本当のことがわかっていたら、納得できただろう。ローラの頭にその思いがドラムのように響き渡った。誰かを気もおかしくなるほど愛していたら、大事なのはその人だけになってしまう。それをファルコがわかっていたら。自分が愛し信じているのと同じくらい強く相手も自分を愛し信じてくれていると確信するのがどういうことか――それをファルコがわかっていたら、きっと理解できただろう。ローラが自己弁護さえできないほどの孤独に突き落とされていたことがわかっただろう。あのみじめな孤立感がローラに嘘をつかせた。そうすることでファルコを憎み、傷つけたのだ。自分の胸を突き刺すナイフのようなあの嘘で。

ローラはほとんど息ができなかった。心臓が激しく鳴っている。しかしファルコの言葉を聞くと、心臓が止まりそうになった。

「本当のことを言えば、僕は信じていなかった……君が金を受け取ったなんて話は……君が自分から僕にそう言うまでは。確かに僕は君を責めた……何を言ったかもはっきり覚えている……でもあのとき、僕は期待していた――いや確信していたんだ――君はきっと言ってくれる、そんな話は全部でたらめだとね」

ローラは顔をそむけ、きつい口調で彼の言葉をはねつけた。「あなたの言い方はとてもそんなふうには聞こえなかったわ」声がかすれた。

「驚いたかい？　僕がどんな気持だったかなんて、考えたこともなかったんだろう？」

思い巡らすようなその声を聞いて、ローラはさっとファルコの顔に視線を戻した。

「いつものように仕事を終えて旅行から帰ってくると、別れを告げる君の手紙が待っていた。それだけで、君は僕の前から消えてしまった。住所も教えずに。それで僕がどんな気持になったか、君はじっくり考えてみたことがあるかい？」

正直に言って、ローラは考えなかった。考えたとしても、ファルコならうまく対応していくだろうと思ったに違いない。彼特有の冷静さと自信で。そして必ず私を見つけてくれるはずだと思っていた。ファルコが打ちのめされるかもしれないとは、想像さえしなかった。

「ご両親が君の行き先を教えてくれなかったので、僕はまず父に尋ねた」ファルコは冷たい笑みを浮かべた。

「経験から、裏で父が何か画策していることはわかっていた。そのときだよ。父が君に金を渡したと言って、僕に銀行小切手のコピーを見せたのは」ファルコのまなざしが険しくなった。「父の言うことを信じていたら、それから六週間も君を捜し回ったりしなかった」自嘲《じちょう》するような口調だった。「あらゆる場所を捜したよ。本当に、イギリスの端から端まで。結局、ロンドンに絞ることにした。そこが一番可能性が高そうだったから。そして、とうとう君を見つけた……皮肉なことに、父の助けを借りてね。父が僕に私立探偵を雇うようすすめたんだ。僕はそうした。そして彼らが君を見つけた」

ローラは胸が張り裂けそうだった。ごめんなさいと言いたかったが、そんな言葉では足りない。ファルコの話を聞くのは苦しかった。ローラを見つけるために、ファルコがどれほど苦労しつらい思いをしたか、これまで考えてもみなかった。

ローラは世間知らずだった。ファルコにとって不可能なことは何もないと思い込んでいた。彼は傷つくわけがないのだと。自分がファルコを傷つけたことが、ローラはやっとわかった。

ローラが口を開きかけると、ファルコがまた話し出した。

「金に関しては嘘だと確信していた。ほかに理由があるに違いないと……そして、僕は正しかった」

ローラは眉をひそめた。ファルコが何を言っているのか、全然わからなかった。

「君は自由がほしかったんだ。恋も含めて、いろいろ経験する自由がね。僕が見つけたときには、もう君には新しい恋人がいた」

ファルコが言及している男の姿と、その男とローラが一緒にいるのをファルコが目撃したときの情景が、さっとローラの目に浮かんできた。あの骨董商は私を彼の店に連れていくところだった。車に案内するとき少し愛想がよすぎると感じたのを思い出す。その場にファルコがやってくるなんて、不幸な偶然にしてもできすぎではないかしら？

振り出しに戻ってしまった。ファルコが証拠もなしに彼女が金を受け取った話を信じたと思ったのは、ローラの誤解だったかもしれない。だが、あの骨董商に関しては、ローラの誤解ではなかった。やはり証拠は何もないのに、ファルコは最悪のことを信じてローラを非難したのだ。

ファルコは今も非難した。「君はもう少し自分の趣味に合う恋人を見つけられなかったのか？」

「彼は完璧《かんぺき》に趣味に合っていたわ」罪悪感が少し薄れたので、ローラは本気でそう思っているように言い返した。

「そうは思えないな。君が言ったように、彼はベッドでは優れていたかもしれない。それでほかの点は大目に見るようになったんじゃないか」

「ええ、そうだったかもしれないわ」ローラの表情がこわばった。嘘をつき通そうとして、気分が悪くなってきた。ファルコの言うとおりだった。あの骨董商はつまらない人間で、ローラが決して恋人に選んだりするはずのない男性だった。

「気晴らしに誰かすてきな恋人を持つのも、君には楽しかったんだろうな」

ファルコはさりげなくそう言った。たぶんローラを侮辱するつもりだったのだろう。だが彼女にはそんなことを言う気はなかった。ファルコほどすてきな恋人がいるわけがないのだから。

「ファルコ、私は……」

ローラが言い終える前に、突然ファルコは立ち上がった。「スケッチブックを取ってきてくれないか。居間で会おう。そこで改装のプランを相談するよ」

「ファルコ……」自責の念に駆られて、ローラは立ち上がった。二人とも過ちがあったが、ローラは自分で意図した以上にファルコを深く傷つけてしまったようだ。

ファルコは腕時計に目をやって、ローラを無視した。「相談する時間は一時間だ。そのあと僕には用事がある」

「ファルコ……」彼がテーブルを離れようとすると、ローラは手を伸ばしてファルコの腕に触れた。「ファルコ、ごめんなさい」

「何を謝るんだ?」黒い瞳はすっかり閉ざされ、声もこわばっている。

「私があなたにしたことを。私のやり方が間違っていたわ……」

「つまり、もっときっぱりと別れるべきだったということか？」

「いいえ、そういう意味じゃないわ」気づかないうちに、ローラはファルコの腕をしっかりとつかんでいた。

「だったら、どういう意味だ？」

ローラは心の中ですすり泣いた。ファルコにすべてを、ありのままに話すことができたら。「あなたを傷つけたことを謝りたいの。あなたはいつも私にとても優しくしてくれたわ。私ももっと心を配るべきだったわ」

「心を配る？　別れるときにそんなことはできない。君は別れたかった。きっとそうできるくらい冷酷だったんだろうな」

ローラは首を振った。「私だって傷ついたわ。簡単なことではなかった。本当に簡単なことではなかったのよ」

「なぜだ？　自分で望んだのなら、簡単だったはずじゃないか」

「それは……」ローラはファルコの目を見ることができなかった。そんなこと望んではいなかったと言いたかった。彼女がそう言うのをファルコが待っているのもわかっていた。

でもローラには言えなかった。そんなまねをしたら歯止めがきかなくなってしまう。ローラは唇をかみ、苦悩にあふれる目で黙ってファルコを見返した。

ファルコは顔をしかめ、いきなりローラの体に腕を回した。

「どうしてもこんな話には納得できない。君には納得できるのか？」

ローラはファルコの目を見ることもできず、ただ首を振った。「ときどき思うわ。こんな現実には何も意味がないんじゃないかって」

「今は違うよ。この瞬間だけは」ファルコはローラの顎に手を当てて目をのぞき込み、謎《なぞ》めいた笑みを浮かべた。「この瞬間だけには、もしかしたら、少しは意味があるんだ」

「そうかもしれない」ローラは笑みを返した。気持がなごんできた。

二人は見つめ合って立ち尽くしていた。それからファルコは静かにローラを抱き寄せ、唇にそっとキスした。

寄り添ったとき、ローラはファルコの鼓動を感じた。そして彼の肉体的な欲求ではなく、もっと精神的な欲求を感じ取った。ファルコのキスの優しさが魔法のようにローラの心をいやしていった。

突然、ローラの胸に強い願望がわき上がった。この瞬間も、まだ二人の間に立ちはだかっている嘘と誤解の壁を、すっかり突き崩してしまいたい。

ちょうどそのとき、ローラはふと何かを感じ、ファルコの肩越しに目を上げた。

ローラの心臓が止まった。ジャニーヌの大きく見開いた目がじっとこちらを見つめていた。

9

ジャニーヌは目の前の光景が信じられないという表情で、凍りついたように動かない。次の瞬間、背中を向け、小さな悲鳴をあげて屋内に走り込んでいった。

ローラはジャニーヌの茫然《ぼうぜん》とした顔を、恐れおののく思いで見つめていた。また、ジャニーヌを傷つけてしまった。

ローラはファルコの抱擁を振りほどいて叫んだ。「ジャニーヌのところへ行くわ。謝らなくては！」

しかしファルコはローラの腕をつかんで押しとどめた。「ジャニーヌの好きなようにさせればいい。大丈夫だ。つまらないことで大騒ぎするな」

つまらないことですって！　ローラの恐れは怒りに変わった。ジャニーヌは恋人が別の女性を抱擁しているのを見てしまったのだ。

怒りに任せて、ローラはファルコの腕を振り払った。「なんて冷たい人なの！　あなたがなんと言おうと、私はジャニーヌのところへ行くわ。彼女に説明して謝るのよ！」

そう言い捨てると、ローラは急いで走り出した。

「待って、ジャニーヌ！」ローラは必死に叫んだ。

しかし、遅すぎた。玄関のドアがばたんと閉まる音が聞こえた。ローラはすぐにドアを押し開け、前庭に駆け出したが、ジャニーヌはすでに車に乗り込み、タイヤをきしらせて車道を走り出していた。

「ジャニーヌ！　戻ってきて！」むだだとわかっていたが、ローラは夢中で腕を振りながら、ジャニーヌのあとを追った。「戻ってきて！私の話を聞いて！」

「時間のむだだよ」ファルコが玄関の戸口に立っていた。ローラはその声にさっと振り返ったが、彼の笑顔を見てショックを受けた。

「ジャニーヌは桟橋に向かっていると思うな」ファルコは無関心な様子で腕時計を見た。「あと二、三分で出発するフェリーがある」

「車を借りていいかしら？」ローラはたたきつけるように言った。「ジャニーヌを止められるかどうか、やってみるわ。彼女は何か取り返しのつかないことをするかもしれない」

「ジャニーヌはそんなまねはしないよ」ファルコはまだほほ笑んでいる。「でも君がそうしたいなら、車を使えばいい。キーは差したままだ」

「ありがとう」ローラは冷ややかな声で言うと、ファルコの顔も見ずに、前庭に止めてある車に駆け寄り運転席に飛び乗ってエンジンをかけた。アクセルを強く踏み、道に向かって走り出す。

幸運なことにほかに車は見当たらない。島の道は狭く、スピードを出しにくい。ローラは桟橋までの五キロの道を必死に車を走らせた。フェリーが出る前にジャニーヌをつかまえなくてはならない。

ファルコが言ったように、ローラもジャニーヌは桟橋に向かっていると思った。ジャニーヌの表情は逃げ出そうとしている女の顔だった。

ローラが砂煙を上げて桟橋に車を止めたとき、ジャニーヌはすでにフェリーに乗り込んでいた。

ローラは車のウインドーを下ろした。「待っててちょうだい！」そう叫んだが遅かった。フェリーの船員はもうタラップを引き上げていて、小さな船は岸から動きだしていた。

「一時間もすれば戻ってくるよ！　そのときに乗せるからね！」船員はローラに大声でどなった。

一時間！　ローラは思わずハンドルをたたいた。それまでに、ジャニーヌはどこにいて、どんな状態になっているだろう？

ローラは無力感に襲われ、車の中に座ったままフェリーが遠ざかるのを見つめていた。ジャニーヌになんということをしてしまったのだろう。ファルコと同じように、私にも責任がある。

フェリーは水平線に浮かぶ小さな点になってしまった。ローラはそれを見ながら、これからどうするべきか考えた。どうすれば、この混乱を収めることができるだろう?

ローラは車を回して別荘に向かった。ここから立ち去ることができれば。そう思うと涙があふれた。ファルコとの関係は、ローラがここに長くいればいるほど親密感を増していくだろう。それは、ファルコにも、ローラにもどうすることもできない。意志の力ではどうしようもないことなのだ。昔と同じように、ローラはファルコに気持が傾いてしまう。

別荘に向かいながら、ローラは熱い針に突き刺されるような思いに耐えた。もちろんファルコを愛しているわけではない。愛ではないが、まだ何かが二人の間に残っている。そのために、ローラは秘密を打ち明けてしまった。そのために、ジャニーヌを傷つけることになってしまった。

ある考えがローラの頭の中でまとまり始めた。たぶんローラが去れば、問題は解決する。ローラが去ったところで、これ以上悪いことが起きるとは思えない。ファルコがロンドンに来て、ローラの同僚に尋ね回るくらいだろう。それもローラが先手を打って、ベルのことは黙っていてほしいと親友に頼み込めば、切り抜けられるかもしれない。

危険はある。おしゃべり好きな人はいるものだし、信頼できる人を見極めるのもむずかしい。ローラが今まで決心できなかったのもそのせいだ。

でも今では、自分自身さえ信頼できなくなっている。ローラがとどまろうが去ろうが、危険は同じだ。それなら去ったほうがまだいい。

　別荘に着くころには、ローラの考えは固まっていた。ジャニーヌに手紙を残し、すぐに別荘を出る。急げば、次のフェリーに間に合うだろう。

　ローラは車を止め、ハンドブレーキを引いた。さようなら、アルバ。さようなら、ファルコ。私の決心は正しい。それをひるがえす気はなかった。


「何をしているのか、きいてもいいかな？」黒い瞳が戸口からローラを見つめていた。

「僕には、君が荷物をまとめているように見えるけれど」

「まさに、そのとおりよ」ローラはベッドの上に置いたスーツケースに、手当たりしだいにスカートやブラウスをつめ込んでいた。

「それで、なぜ荷物をまとめているんだい？」

「ここを出るためよ」

「出る？　どうして？　まだ帰れないだろう。二週間の約束は終わっていない」

「とにかく、ここを出るわ」ローラはファルコを見なかった。Tシャツを何枚かつかみ、スーツケースに入れる。「次のフェリーに乗るつもりよ」

　一瞬、沈黙が訪れた。ローラは、ファルコが部屋の中に入ってきたのがわかった。彼のむっつりした圧迫するような気配を感じる。

「もう一度言うが、君はまだ帰れない。約束しただろう。君は二週間ここにいることになっている」

「約束は破るわ」ローラはファルコの方に振り向いた。「約束を破って、今すぐここから出ていくの。私を止めたりしないで」

「つまり、この仕事を断るということか？」ファルコはドアとベッドの中間に立って、オフホワイトの麻のズボンのポケットに手を突っ込んでいる。「そういうことか？　契約を破棄するんだな？」

突然、ある考えが浮かんだ。「必ずしもそうじゃないわ。契約は守るつもりよ、ただ一つ条件があるの……」

「どんな条件だ？」

「私が一人でこの家にいられるなら。つまり……私が仕事をしている間は、あなたはここにいないと約束してほしいの」

ローラの予想どおり、ファルコは笑い出した。「そんなばかげた条件に、僕が同意すると思うのかい？　君は忘れているようだが、この家は僕の家なんだよ」

「わかっているわ」ローラは音をたててスーツケースのふたを閉めた。「でも、残念だけど、それが私の条件なの」

「そうか」ファルコはポケットから手を出して、腕を組んだ。「そんな不当な条件をいきなり持ち出すには、何か特別な理由があるんだろうな?」

「理由はおわかりのはずよ」ローラは悪意を込めたとしか言いようのないしぐさで、スーツケースのファスナーを締めた。「わざわざその理由について話し合う必要はないと思うわ」

「ほう、そうかな?」

「ええ、そうよ」ローラはスーツケースをベッドから下ろした。

「君は僕との約束を破って、なんの説明もなくここから出ていくつもりだ……それなのに話し合う必要はないと言うのか?」

ローラは唇をかみ締めた。ファルコは部屋から出るのを邪魔している。

ファルコは笑った。「僕がこんなことを許すと、本気で考えているのか?」

決定的な質問の答えは彼の目を見れば明らかだった。ローラはスーツケースを床に落として、ファルコをにらんだ。

「私はジャニーヌのために出ていくのよ」彼にはそれだけ言えばたくさんだ。「あなたと……私自身がしたことのために出ていくの。こんな状態はいやなの。私のせいでジャニーヌを傷つけたくないわ。あなたにも良心があるなら、これが一番いい方法だとわかるはずよ。私を止めたりしないで」ローラは大きく息を吸ってスーツケースを持ち直した。「これで、話し合いは終わりよ。お願いだから、そこをどいて私を通して」

「まだだ」ファルコはきつく腕を組んだままだ。「残念だが、話し合うときはそれぞれ言い分があるんだ。君はまだ僕の考えを聞いていないだろう」

「聞く必要があるの？　二人とも、私が言ったことが正しいとわかっているじゃないの」

「ジャニーヌのことか？　彼女に対する義務のことか？」ファルコは眉をつり上げた。

「君が言ったのはそういうことだろう？」

「そのとおりよ！」

「そういうことなら……」ファルコはほほ笑んで、組んでいた腕をほどいた。

ローラはどきっとした。彼は脇《わき》にどくつもりなのだろうか？　ローラは慎重に前に一歩踏み出した。

そのとき、ファルコが手を伸ばして、ローラからさっとスーツケースを取り上げた。

「そういうことなら、僕たちの話し合いは始まってもいない」

ローラが動く前に、ファルコは腕をつかんだ。面白そうに笑っている。

「どこで話し合おうか？　ここか、それとも階下《した》の居間のほうがいいかな？」

「話し合うことなんて、何もないわ！」ローラは彼の手を逃れようとしたがむだだった。

「私の腕を放して！　いったい何をするつもりなの？」

「ここか、階下の居間かな？」ファルコは質問を繰り返したが、ローラがもがき続けるので自分で答えた。「僕は居間のほうがいいと思う。話し合いながら、何か飲むこともできるしね。どうやら君には飲み物が必要らしい」

ファルコはどういうつもりなのかしら？　ローラは自由になろうとあらがい続けた。

「放して！　話し合うことなんて、本当に何もないわ！　こんなことをしていたら、フェリーに乗り遅れてしまうわ」

「だったら次のフェリーに乗ればいい」ファルコにはローラの腕を放す気配はなかった。

「さて、僕が君を階下まで運んでいくか、それとも君が自分で歩いていくかい？」

「自分で歩くわ！」ローラは抵抗するのをやめた。時間のむだだし、腕が痛くなってきた。

ローラはファルコをにらみつけた。私を肩に乗せて階下まで運ぶなんてまねをさせるものですか！「男らしさを誇示する必要はないわ」ぴしゃりと言う。

ファルコは面白がっているようだ。「君しだいさ。君がわがままな子供みたいにふるまうなら、僕も君をそう扱うまでだ」

ローラは返事をせずに、階段を下りて居間に向かった。とにかくファルコの話を聞き、それから出ていって、間に合うフェリーに乗ればいい。

ローラはダマスク織のカバーのかかった椅子に腰を下ろし、ファルコがバーに向かうのを眺めていた。彼女は緊張していら立っていた。

「何がいい？　カンパリソーダかな？」

ローラは敵意を込めた目でファルコに答えた。「ミネラルウオーターがいいわ」

「それがいいなら……でも、もう少し強い飲み物のほうがいいんじゃないかな？」ファルコは笑った。このゲームを楽しんでいるのだ。

ローラはまっすぐファルコを見返した。「あなたはそうすればいいでしょう。私はミネラルウオーターで充分よ」

「君がそう言うなら」ファルコはまだ笑みを浮かべながら二つのグラスに氷を入れ、一つにはミネラルウオーターを、もう一つにはウイスキーを注《つ》いだ。

居間を横切ってきて、ローラにグラスを差し出す。「こんな場合は、なんと言うべきかな。とにかく、乾杯！」

ローラは何も言わなかった。ミネラルウオーターを一口飲み、ファルコが向かい側の椅子に座るのを不機嫌な顔で眺めている。「それで、あなたがそんなに私に聞かせたがっているのはなんの話かしら？」

ファルコはしばらくローラを見つめていた。急ぐつもりはないようだ。ウイスキーを口に含み、それを味わってから飲み下す。それから、椅子のクッションにゆったりともたれかかった。

「君は僕に何も言わずに出ていくつもりだったのか？　礼儀に反するのはともかく、いささかプロ意識に欠けているんじゃないかな？」

ローラはなんとかしてため息をつくのを抑えた。「そんな話をしたくて、私をここに引っ張ってきたの？　そのことなら、今すぐお答えするわ。そうよ、私はあなたに何も言わずに出ていくつもりだった。礼儀に反することは謝るわ。でも、そうするのが一番いいと思ったのよ」

「誰にとって一番いいんだ？」

「私たちみんなにとって。理由はきかないで。私の理由はもう説明したわ」

「ここでの仕事はどうなるんだ？　君が出ていったのがわかったら、僕はどうしただろうな？　君を捜し回って戻ってくれるかどうか確かめるのか、それとも別のインテリアデザイナーを探すことになったのかな？」

「あなたに電話するか、手紙を書くつもりだったわ。そして二階の部屋で説明したのと同じことをあなたに伝えるつもりだった……仕事はしたいけれど、それには一つ条件が……」

「僕が自分の家から出ていくという条件か」ファルコはからかうような目をした。「そして、こういうことになったのはすべて、君が突然ジャニーヌに対する良心の呵責《かしゃく》に耐えられなくなったからだと言うんだな？」

ローラはファルコをにらんだ。「どうぞ笑いなさいよ！　あなたに私の気持を理解してもらおうとは、最初から期待していなかったわ」

ファルコは声をあげて笑った。「ずいぶんうれしいお世辞だな。君の言うことを聞いていると、ここにいたら君は僕に対する自分の感情を抑え切れなくなるからだというふうに解釈できるよ」

ローラは顔を真っ赤にした。「私が言っているのは、そんなことじゃないわ！　全然違うわ！」

ファルコはわからないふりをした。「僕にはそう思える。君はまさしくそう言っているとね」

「いいえ、そうじゃないわ！」

「だったら、なぜ逃げ出すんだ？　出ていく理由は、君が自分の衝動を抑え切れなくなったからだ」

ローラはグラスを握り締め、中身が水より強いものだったらよかったのにと思った。硫酸だったら、ファルコの顔に投げつけてやれるのに！

ゆっくり息を吸い、気持を落ち着けてから言った。「私は衝動を抑えられないような人間じゃないわ。それはあなたのほうでしょう。二人きりになると、いつも私に言い寄ってきたわ」

「もちろん、君ははねつけた」

「そうしようとしたわ。ときには」

ローラは膝に目を落とした。ファルコの皮肉には一理ある。ローラは断固としてはねつけたことはなかった。突然、ローラはどうしようもなく寂しくなり、怒りと屈辱感が薄らいだ。昔は、二人でこんな会話を交わすなど考えられなかった。あのころは、肉体的な情熱は二人の自然な喜びだった。

ファルコはグラスの中で氷の塊を回している。彼はローラが感じている寂しさとは無縁のようだ。自分自身にとても満足しているのだろう。

ファルコは脚を組んで言った。「君はジャニーヌを傷つけないために、逃げ出そうとしたわけだ」

ローラは肩をすくめた。「傷つけるという意味をあなたが理解しているのかどうかわからないわ」ローラは赤くなった。ここにいたら、そのうち私が彼に身を任せただろうと誤解しているのかしら？「私がジャニーヌを傷つけると心配したのは、これまでに私たちがしてしまったようなことよ」

ファルコはうなずいた。「君の他人に対する道徳的責任感はたいしたものだ」

「少なくとも、あなたよりはましね」ローラはきっぱりと言い返した。これまでのできごとに対するファルコの態度は恥知らずとしか言いようがない。

ファルコは相変わらず無関心に冷たい笑みを浮かべている。「ジャニーヌが戻ってきたら、この話を聞かせるとしよう」

ローラはびっくりした。彼の言葉はショックだったが、会話の流れが変わったのにはほっとした。

「どうしてジャニーヌが戻ってくるとわかるの？　あんなに驚かせてしまったのだから、もう戻ってこないかもしれないわ。もっと悪い事態だってありうる。考えたくはないけれど、ジャニーヌが自分を傷つけるようなことをしたらどうするの？」

ファルコはそっけなく首を横に振った。「そんな心配はない。ジャニーヌは絶対につまらないことはしないよ」

「どうしてそんなに確信が持てるの？」

「ジャニーヌが出かけた理由を知っているからだ」ファルコはにやりと笑った。「誰と一緒かもわかっている」

ファルコの話していることがよくわからなくなった。ローラはグラスを置き、顔をしかめて身を乗り出した。

「なんの話をしているの？　ジャニーヌが一緒にいるって、誰と？」

「彼女の恋人と」

「彼女の恋人？　恋人はあなたでしょう？」

「君がそう思っているのはわかっていたけれど、あいにくそうじゃないんだ。ジャニーヌと僕が恋人同士だったことは一度もない」

「信じられないわ！」ローラは椅子に体を沈めて、探るようにファルコの顔を見つめた。

「ジャニーヌが私にそう言ったのよ！　あなたを崇拝してるって！　二人が一緒にいるのも見たわ。あなたが否定しようとしてもむりよ！」

「だが否定する。絶対にそんな関係じゃない」ファルコはもう笑っていなかった。グラスを置いて大きく息を吸った。「ジャニーヌが僕のことを崇拝していると言ってくれたなら、うれしいよ。でも彼女は少し大げさに言っただけだ。僕に感謝しているってことだろう……。それを率直に言っただけじゃないかな。そして僕は、ジャニーヌには優しくしてあげたいと思っている」

ローラはすっかり困惑していた。「どういうことなの？　どうしてジャニーヌがあなたに感謝しなくちゃならないの？」

ファルコはすぐには答えなかった。ウイスキーのグラスを持ち上げ、しばらく中身を見つめ、それから飲んだ。ローラにどこまで話すべきか思案しているようだった。彼はローラの目を見つめた。

「ジャニーヌは僕の父が捨てた愛人だ」

ローラは愕然《がくぜん》としてファルコを見返した。そして何も言わずファルコの話に耳を傾けた。

「二、三カ月前に、友人の一人がジャニーヌのことを話してくれた。彼女はひどい状態で、自殺もしかねないほどだった。僕の父がずいぶんつらい目に遭わせたんだ」ファルコは大きく息を吸い込んだ。「それで僕はジャニーヌをここに連れてきて、立ち直るまでここにいていいと話したんだ。彼女に自信を取り戻させるのは大変だった。すっかり自己嫌悪に陥っていたからね。でも少しずつ元気になっていった」ファルコの目に微笑が浮かんだ。「今はもう大丈夫だと思う」

突然、すべての断片がもとに収まって全体像が見えてきた。ジャニーヌに対するファルコの保護者のような気遣い。彼が自分の人生を変えてくれたというジャニーヌの言葉。ローラは胸がいっぱいになり、目頭が熱くなった。ファルコはなんとすばらしいことをしたのだろう。

ローラは涙をのみ込んだ。「それで、ジャニーヌの恋人というのは？　彼女はその人に会いに行ったと言ったでしょう？」

ファルコはウイスキーを飲み干し、空のグラスを下に置いた。「昔つき合っていた男性だ。ジャニーヌが父と妙なことになる前は、その人との結婚を考えていたらしい。その男性は最近になって連絡を取ってきた。最初は手紙で、それから電話で……。彼から電話がかかってきた夜、君もここにいた。その電話で彼はジャニーヌに会いにイタリアに来ると言ったらしい」

ローラは恥ずかしさのあまり唇をかんだ。ジャニーヌが電話に出るため席を外したあとに起きたできごとを覚えていた。ワインをファルコの顔にぶちまけたのだ。

「私はなんということをしてしまったのかしら。すっかり勘違いしてしまって。さっきも、ジャニーヌが恋人から連絡があって、彼に会いに行くとあなたに伝えに来たということなのね……」

「そして僕たちが……なんと言うか、親密な雰囲気になっているところにでくわして、邪魔をしてはいけないと、フェリー乗り場に直行したんだろう」ファルコはうなずいた。

「僕はそう解釈した」

「まあ、きっと私はすごく間が抜けて見えたでしょうね！」ローラは両手で顔を覆って首を振った。「でも私があなたとジャニーヌを恋人同士だと信じているのを知りながら、あなたはずっとそう思い込ませてきたのね。どうして、私が間違っていると言ってくれなかったの？」

「そうすべきだったと思うかい？」

「ええ、もちろんよ！　私はあなたがジャニーヌを裏切っていると思い込んでいたわ！」

ファルコは椅子から身を乗り出し、両手を握り締めて膝の間に垂らした。「僕がそんなことをしないのは君にはわかっていたはずだ。僕は間違ったこともするけれど、決して女性をもてあそんだりなんかしない。僕が君を裏切ったことがあるかい？」

「いいえ、なかったわ」

ファルコの視線を受けて、ローラの肌が燃えるように熱くなった。心臓が喉までせり上がってきたような気がする。このすばらしい男性を、なんとひどく誤解していたことか。

自分の子供の父親であるこのすてきな男性を。

ローラは手を伸ばしてファルコの顔に触れたかった。髪を愛撫《あいぶ》し、左目の隅にある小さな黒いほくろに口づけしたかった。

しかし自分を抑えて言った。「私がしたことを謝るわ。あなたがそんなひどい人じゃないと、私はわかっているべきだった」

ファルコはうなずいた。「そう、君だけはね」

ローラはじっと見つめるファルコの瞳に吸い込まれていきそうな気がした。彼が体を近づけてくると、心が溶けそうになった。次の瞬間、激しく非難する声が聞こえ、ローラは凍りついた。

「裏切るのが好きなのは君のほうだろう。だからそんなひどい勘違いをしたんだ。君の基準で僕を判断したのが間違いなんだ」

顔に冷たい水を浴びせられたような気がした。突然、全身が震え出した。またたく間に、ファルコはまた遠い存在になってしまった。

「何を考えているんだ？　僕が正しいはずがないとでも？」

ローラは答えることができなかった。声が出てこない。そしてファルコは、ローラの沈黙を肯定と受け取ってしまった。

彼は立ち上がった。「僕たちの話し合いはこれで終わりだ。いつでも好きなときに出ていってくれ」

椅子に座ったまま、打ちのめされ絶望の涙にくれるローラを残して、ファルコは部屋を出ていった。

翌朝、ローラは始発のフェリーに乗った。二度と戻らないと心に決めて……。

10

ローラはホテルの部屋の天井を見つめて横たわっていた。眠ろうとしたが、そうできないのはわかっていた。頭の中に無数の疑問が答えを求めてうごめいている。

まず第一に、どうして私はこんなところにいるのだろう？　なぜロンドン行きの飛行機に乗らなかったのか？　どうして、飛行機に乗る代わりに、ナポリのこんな小さなホテルに泊まっているのだろう？　今朝アルバを発《た》ったときは、まっすぐロンドンに戻るつもりだった。

それなのに、まだこうしてナポリにいる。イタリアでの私の仕事は終わってしまった。ここに残る理由は一つもない。

ローラは目をぎゅっと閉じた。こんなふうに立ち去るのは間違いだと、何かがそう告げている。

仕事を放棄したのはもちろん気がとがめる。こんなやり方はプロとして最低だ。でもほかにどうすることができただろう？　ローラが別荘で一人で仕事をするという条件を、ファルコは断固として拒絶した。私はその条件でなくては仕事を引き受けるわけにはいかない。彼と一緒にいるのは間違いであり、危険だった。

いや、間違いではないのかもしれない。ファルコがジャニーヌとは関係がないとわかったのだから。しかし、そうであれば、危険は以前より増したことになる。

ジャニーヌのことを心配する必要がなければ、お互いを引きつけ合う力に抵抗し切れなくなるし、秘密も打ち明けてしまいかねない。

自分の置かれた状況を改めて思い直すと、ローラは混乱した。ファルコに感じている魅力が単に肉体的なものよりはるかに深い何かだとわかったからだ。もっと大きな、心を温め満たしてくれるような何かだ。ファルコがローラに及ぼす力には魔法のようなものがある。彼はローラの心を明るくしてくれる。それはほかのどんな男性にもできない。

ローラはしばらくそのことを考えた。昨日、ファルコが、自分の父親とジャニーヌのことを話し、彼自身がどうやってジャニーヌを助けたかを説明してくれたとき、ローラはとても感銘を受けた。そして自分がまだファルコを愛していると感じた。

あのとき、ローラは長い間感じなかった幸福感と充足感に満たされた。

でもそんな感情はすぐに消えてしまった。ファルコがまたいつものようにローラを非難したからだ。〝裏切りが好きなのは君のほうだろう！〟ファルコの言葉はナイフのようにローラを切り裂き、彼の目に浮かんだ憎しみはローラの心を打ちのめした。

ローラは自分が間違っていたと思った。ファルコを愛してはいない。正当な理由もなしに私に罪があると信じるような男性を、どうして愛することができるだろう？

ローラはため息をついて、また天井を見つめた。自分の父親がどういう人間か知っていながら、その憎むべき父親に似ていて、しかもずっと父親に従い続けてきた男性を、どうして愛することができるだろうか？

でもファルコは父親には似ていない。ローラは即座に否定した。ファルコは女性をもてあそぶような男でもなく、冷酷な人間でもない。ジャニーヌに対する行為を見ればわかる。彼は、昨日ローラが信じたとおり、優しく思いやりのある人間だ。

もう眠れないとわかってローラは起き上がり、ベッドサイドの明かりをつけた。それからベッドを抜け出し、窓に近づいた。よろい戸を開けて暗い夜を見つめる。

ナポリ湾の上に広がる夜空には、一面に星がまたたいている。海の塩辛いにおいとアカシアの花の甘い香りが夜気に混じり合っている。ローラは深く息を吸い込んだ。解決策は一つしかない。明日ここを立ち去るのだ。一番早く乗れる飛行機で。

しかし、星の輝く夜空を見つめていても、そんなふうに立ち去るのは間違っていると、心の中でつぶやく声を消し去ることはできなかった。

ある思いがひらめいたのは、夜明けも間近いころだった。

ようやく眠りに落ちたと思うと、ローラはすぐに目覚めてしまった。急に頭が冴《さ》え、どうして立ち去ってはいけないかがわかった。そして、何をすべきかということも。ローラは起き上がって暗闇《くらやみ》を見つめた。危険があることはわかっていた。でもそれは、彼女があえて冒す義務のある危険だった。

ファルコは岩場の上に座って、海の方に顔を向けていた。白いズボンにあっさりしたブルーのTシャツを着ている。膝を抱えて体を丸めていた。

一瞬、ローラはためらった。ファルコは彼女が来たのに気がつかなかったので、そっと自転車に戻り、そのまま別荘に帰ることもできた。

でもそんなことは臆病《おくびょう》で卑怯《ひきょう》なことだし、間違ってもいる。ローラは自転車を置き、ほっそりした体にピンクのコットンドレスを着た姿で、ファルコの方へ歩いていった。

「ファルコ！　そばに行ってもかまわないかしら？」

ファルコはさっと顔を向け、黙ってローラを見つめた。そしてまた海に顔を戻した。

「どうしたんだ？　なぜ戻ってきた？　忘れ物でもしたのか？」

ローラは心臓が激しく鼓動するのを感じた。ファルコは簡単には話を聞いてくれないだろう。それは予想していたので、ローラはひるまなかった。

ローラは岩場の上を歩いて、ファルコのそばに近づいた。「忘れ物じゃないわ。あなたと話したくて来たの」

ファルコはもとの姿勢に戻り、水平線を見すえている。「どうしてここにいるとわかった？　僕がここだと、誰が教えたんだ？」

「アンナが、あなたは車で出かけたと言ったの」ローラは岩場の上に注意深く座った。「ここにいると思ったの。当たってよかったわ」

「さあ、どうかな」ファルコは顔をそむけたままだ。「君が話したいのは何か特別なことなのか？」

「実は、そうなの」ローラは、ファルコの暗くかたくなな横顔をじっと見つめた。顔をそむけてはいるが、話を聞く気はあるようだ。

「それで、どういう話だ？　別荘のことかな？」ファルコはちらっとローラを見た。「だったら、時間のむだだ。僕は別のインテリアデザイナーを探すことに決めたから」

「ええ、それはわかっているわ……でも別荘のことではないの……」

ローラはごくりと喉を鳴らすと、深く息を吸って気持を静めた。こんな大事なときに口を閉ざしてしまうわけにはいかない。はっきりした口調で言った。

「別荘ではなく、私たちのことよ」

「私たち？」ファルコはローラに顔を向けた。「もうそんなものは存在しないだろう」

そう言ったとき、苦笑にも似たものが彼の目をよぎった。ローラも気がつくと同じような笑みを浮かべていた。

「そうね、今は存在していないわ。でも私が言ったのは、三年前に存在していた〝私たち〟のことなの」

「ああ、その〝私たち〟か」ファルコはまた顔をそむけた。もうそんな話は聞きたくないと言われるのをローラは覚悟していたが、ファルコはこう言った。「話すべきことはすべて話したと思う」

「いいえ。話すべきことはまだたくさん残っているわ」ローラは追いつめられたように、一瞬、言葉を切った。「特にはっきりさせておかなければいけないことが一つあるの」

「なんだい？」

「私が裏切ったとあなたに言われていることよ」

あたりは静まり返った。二人とも黙り込んだ。海の波さえ、岩に打ち寄せるのをやめてしまったようだった。ファルコは膝に回していた腕をほどいて、ローラの方に顔を向けた。

「あの骨董商《こっとうしょう》と君の関係のことか？」

ローラはうなずいた。鼓動が激しく乱れている。突然、それも今ごろになってまた、ローラは不審に思った。ファルコはなぜあの男が骨董商だと知っているのだろう？

しかし、ローラはその疑念を振り払い、ファルコの顔をじっと見た。

「でもあなたを裏切るような関係にはなっていないわ。それに近いことさえなかった。その男性とは仕事のうえで仕方なくつき合っただけよ」

　また果てしない沈黙が広がり、やっとファルコが口を開いた。

「あの男は君の最高の恋人じゃなかったのか？」

　いいえ、それはあなたよと、ローラは言いそうになった。私の最高の、そしてただ一人の恋人は、あなたよ。でもローラはその言葉をのみ込んだ。そんなことを言うためにここに来たのではない。

「あなたを傷つけたくて、あんなことを言ったの。あなたが私を傷つけたように、あなたのプライドを傷つけたくて。あなたはなんの証拠もないのに、私が裏切ったと責めたわ。私がほかの男性の車に乗るのを見たという、ただそれだけの理由で、あなたは私をどなりつけ、ふしだらな女と呼んだのよ」突然、抑えていた感情が一気にあふれ出した。「簡単に納得するために、そう信じたかったんでしょうね。どうしてそんなことができたの？私がそんな女だと、どうして信じたりしたの？」

　ファルコは目を細め、首を振った。「違う。そうじゃない。あれにはもっといろいろな理由があったんだ」はっとしたように、ファルコは言葉を切ってローラの方に身を乗り出した。

「君はどうやってあの骨董商と知り合ったんだ？」

　なんと奇妙な質問だろう。それでもファルコには尋ねるだけの理由があるのだろうと思い、ローラは答えた。

「彼がいきなり電話してきたのよ。私が家具を探していると耳にしたので、格安で提供できると言ってきたの」

「前から彼のことを知っていたのか?」

「いいえ、全然。私が初めて会ったのは、彼が車で私を迎えに来て個人的に店に案内してくれたときよ」

日焼けした顔色の下で、ファルコの表情は青ざめていた。ローラには、黒い瞳の奥で、彼が必死になって何かを考えているのがわかった。

ローラは耐え切れなくなって、ファルコの方に身を乗り出した。「どうしてそんな質問をするの? 私があのいやな男とどうして知り合ったかなんて、どうでもいいことじゃないの?」

「大事なことなんだ。とても大事な」

ファルコは目を閉じて頭を振った。ローラは彼の苦痛を感じ取ることができた。ファルコは全身を震わせるようにして大きくため息をつき、岩にもたれかかって空を見上げた。

「僕が君を捜すためにロンドンに行ったとき、あの男がホテルに訪ねてきた。彼は大騒ぎをして、嫉妬《しっと》に駆られた恋人の役を演じ、僕に帰るべきだと言った。君は僕に会いたがっていない、君は彼と愛し合っているんだと……」

「彼が、なんですって?」全身がこわばる。胃がむかついて、気分が悪くなってきた。

ファルコはローラの顔を見るのが耐えられないとでもいうように、空に目を向けたままで続けた。「その前に僕は君の居どころがわかっていた。私立探偵が君の住所を教えてくれた。僕がそこへ行こうとしていたとき、あの男がやってきた。名刺をこれみよがしに振りかざし、信じられないような話をわめき立ててね。彼には私立探偵の友人がいて、彼らの話から僕が君を捜しているのを知ったと言っていた」ファルコは絶望に駆られたように、髪の毛をかきむしった。「ばかだったよ、僕はあの男の話を信じた。彼にすっかりだまされたんだ。でもあの男にそんなことをさせた人間ならわかっている……誰がこういうことを仕組んだのか……あの男に君の電話番号を教え、僕のホテルに送り込み、僕に二人が一緒のところを目撃させようとしたやつだ……」ファルコは口を閉じて、荒々しく息を吸った。「この状況を裏から操っていたのが誰か、僕にはわかる。早く気づくべきだった。僕の父親以外に、こんなことをやれる人間はいない」

ファルコが振り向いたとき、突然、ローラにもわかった。二人とも犠牲者だったのだ。悪知恵の働く卑劣なファルコの父親の犠牲者だった。

「お父様はあなたの雇っていた私立探偵も操っていたに違いないわ。彼らはあなたに私の居どころを教える前に、お父様に話していたはずよ。それでお父様はあの骨董商との話をでっち上げたのね。ああ、なんてことなの!」ローラは両手で顔を覆った。「なんてひどいまねを。お父様はあんまりだわ」

「わかっている。父のことはずっと前からわかっていたんだ」ファルコは目を閉じた。「最初は僕も違うと思った。信じるまいとした。自分の父親がそんな人間だなんて、どんな息子も信じたくないさ。でも結局、それを直視するしかなくなった……」

ローラは顔を上げた。「それでもまだ、あなたはお父様に忠実だった。それが私には理解できない」

ファルコがはっとしてローラを見た。「忠実?」唇をゆがめ、ゆっくりと首を振る。「違うよ、ローラ。父と僕はとっくに親子の関係を断ってしまった。もうずっと口をきいていない」

「でも仕事はどうなの？　ロス工業は？　まだあそこに勤めているんでしょう?」

「いや。僕はあの会社になんの未練もない。もうずっと無関係だ。今の僕の仕事は美術商だよ」

ファルコは口をつぐむと、探るようにローラの顔を見つめた。それから感情を込めた口調で話しかけた。「僕は三年前、君と別れたあとで、父とロス工業とは縁を切った。そのときは、僕たちを引き裂くために父が画策したことは知らなかった。父が君に手切れ金を渡したという話だけで充分だった。それ以来、僕は父の顔を見るのさえいやになった」

ファルコに対してなんというひどい誤解をしていたのだろう！　ローラは茫然《ぼうぜん》とした。

「ああ、ファルコ、私を許して！」

ファルコはローラの手を取った。「君が謝ることはない。君にはまったく罪はないんだ。あるとすれば僕だ。仕組んだのは僕の父だからね。それに気づくべきだった」

「でも私はあなたに嘘《うそ》をついたわ、しかもずっと！　自分で裏切ったと言ったのよ！　私があんなことを言わなかったら……」

ファルコはローラの言葉をさえぎった。「君がなぜあんなことを言ったかわかるよ」ファルコはローラの手にそっとキスした。「ずっとそう言い続けた理由もわかる。君は僕に腹を立てていたんだ」

「ええ、あなたに怒りを感じていたわ……」ローラは目をそらした。心臓がまるで時限爆弾のような音をたてている。ローラは最後の告白のために勇気を振り絞った。「でもただ怒っていただけじゃない。私は怖かったの」

「怖い？」ファルコは顔をしかめた。「いったい何を怖がっていたんだ？」

ローラは深く息を吸い込み、今朝早くやっとわかったことを思い出した。恐れる必要はない。ファルコは善良な人間だ。決して私から娘を取り上げようとはしないだろう。そして彼にはベルが自分の娘だと知る権利がある。ベルが彼を自分のすばらしい父親だと知る権利があるのと同じように。

ようやく確信が持てたとき、ローラは泣いた。ファルコは善良な人間だ。すばらしい男性だ。そして何よりもまず、ローラは彼をずっと愛し続けていたのだった。

ローラはファルコの顔から目をそらし、ささやくような声で言った。「ベルのことが怖かったの。ベルは、私の娘は……」

それ以上ローラには言えなかった。身を乗り出して聞いていたファルコは、突然、ローラが何を言いたいか理解した。

「あの骨董商が君の恋人ではないとしたら、君の娘の父親でもありえない……そうだとしたら、父親は誰なんだ？　ほかに男がいたのか？」

「いいえ。ほかには誰もいなかったわ」

「だったら……」ファルコはいきなり突きつけられた真実を信じられないようだった。口をつぐんだ。思いがけない幸運を射止めたが、まだ本気にできない男のようにおずおずとほほ笑んだ。「つまり……？」また口をつぐんで、頭を振る。ローラは知り合って以来初めて、ファルコが言葉を失う姿を見た。

ローラはほほ笑み返して、ファルコが伸ばしてきた手を取った。「つまり、あなたがベルの父親なの。あなたには幼い娘がいるのよ」

次の瞬間、ファルコは歓喜の声をあげて、ローラを抱き締めた。「信じられない。そうであればいいと祈ったことはあったけれど。君にほかの男の子供がいるなんて考えただけで耐えられなかった」それから体を離し、苦しげな顔でローラを見た。「どうしてこんなに長い間隠していたんだ？　ロンドンで最後に会ったときに……あのときにはおなかにベルがいることがわかっていたんだろう？」

「いいえ、わからなかった。生理は遅れていたけれど、精神的なショックのせいだと思っていたの。疑い始めたのは二、三週間たってから……」

　ファルコはまたローラを抱き締めた。「きっとずいぶんつらい思いをしただろうね、ロンドンで、たった一人で。ああ、許してくれ、何年も君を苦しめてきた。僕にわかってさえいたら……」自責の念があふれる目で、ファルコはローラの顔をのぞき込んだ。「君が手紙で話したいと言ったのは、このことだったのか？」

「ええ」ローラはうなずいた。

「それなのに僕は君を拒絶した」打ちのめされたような声だった。

　ローラはファルコにそっとキスした。「自分を責めないで。責められるべき人はあなたのお父様よ。ベルには私たち二人がいる。ベルの人生はこれからよ。あなたも彼女の人生の一部にかかわるの。きっとうまくやっていける方法があるわ」

「うまくやる？」ファルコはローラを見つめた。

「ええ。あなたが訪ねてきてもいいのよ。いつでも好きなときにベルに会えるわ」

　ファルコは目を離さずに、静かな声で言った。「僕はベルの人生でもっと大きな部分を占めたいな」

ローラはどきっとした。恐怖が走り抜ける。私は間違っていたのだろうか？　ファルコはベルを取り上げようとしているのだろうか？

ファルコはローラの手を軽く握ったまま、少し体を引いた。「告白したいことがある」

ローラは弱々しくほほ笑んだ。「どんな告白？」

「僕は君に嘘をついていた」

「嘘？　どんな？」口の中が乾いてきた。

「君を呼び寄せた方法だ。君の言ったことが正しかったんだ。ジャニーヌが君に仕事を依頼したのは偶然じゃない。僕が彼女をロンドンに行かせた。僕の名前は絶対に出さないように命じてね。ジャニーヌは僕が本当はなんのためにそんなことをしたか知らない。僕がかつて君を知っていたことも……」

「本当はなんのためだったの？　どうして私を雇ったの？」ローラは胸が締めつけられるようだった。

「君が優秀なインテリアデザイナーだから……。もっと重要なのは、真実を知りたかったからだ。僕たちの別れ方にはどうしても納得できないところがあった。とりあえず証拠はあったけれど、どこかつじつまが合わない。君の手紙にあんな返事をしたことも後悔して、君が何を言いたかったのか、ずっと気になっていた。はっきりさせたかった。それで君を呼び寄せる策略を練ったんだ」

ローラはファルコをじっと見つめながら、黙って彼の言葉に聞き入った。

「でも、君はずいぶんてごわかった。君を挑発したり追いつめたり、あらゆることをやってみた。君が何を隠しているかどうしても知りたかった。自分が怪物みたいに思えるときもあったよ」ファルコは苦笑した。「でも僕の気持は変わらなかった。その理由を知りたいかい？」

ローラはうなずいた。声が出なかった。

「何もかもはっきりさせるまでは、自分の心が休まることは決してないとわかっていたからだ。必死だった。どうしても君を忘れられなかったんだ」ファルコはローラの心をのぞき込むように見つめた。「僕が本当に愛した女性は君だけだ。君だけを、僕は死ぬまで愛し続けるだろう」

ローラの胸の鼓動が止まった。それは彼女が夢にまでみた言葉だった。顔が歓喜に輝いた。ローラのまなざしに包まれながら、ファルコは続けた。「だから僕は、娘の人生では、君が考えているよりも大きな役割を果たしたい」息をつめているローラに、ファルコは優しくキスした。「僕と結婚してくれ。僕を娘の正式な父親として認めてほしい」

あまりの幸福感にローラは胸が苦しくなった。「あなたと結婚するわ」ローラは答えた。「愛しているわ、ファルコ。あなたは、きっとすばらしい父親になるでしょうね」

二人は互いの腕に身を投げ、固く抱き合って激しい口づけを交わした。過去のわだかまりが消え去り、これからは何も、そして誰も、二人を引き離すことはできないのだ。

「あと一つだけ、まだ君が僕に説明していないことがある」ファルコがローラに顔を向けた。「セント・ジョンズ・ウッドのフラットのことだ。どうして君はあそこに住むことになったんだい?」

二人は別荘の庭に続く浜辺で、まだ暖かい砂の上に横たわっていた。赤い太陽がゆっくりと水平線の向こうに沈んでいく。

ローラはほほ笑んだ。「あのフラットにいたのは、本当にちょっとした幸運だったの」

ローラは手を伸ばしてファルコの顔に触れ、額にかかる黒い髪を優しくかき上げた。わずか数時間で、世界がすっかり変わってしまった。岩場で会ってからまだ数時間しかたっていない。それ以前の時間は、まるで別の人生のできごとのようだ。

ローラの自転車をトランクに積み込み、二人はファルコの車で別荘に戻った。車の中では一言も話さなかった。言葉はもういらなかった。幸福感に包まれて、二人は笑みを交わし見つめ合った。

そして、そのまままっすぐにファルコの寝室に行き、ドアを閉めた。何年も押さえつけられていた愛と情熱が堰《せき》を切ったようにあふれ出し、二人は我を忘れて激しい歓喜に満ちた時間を過ごした。悪夢からようやく本当の夢の中に解き放されたのだ。

軽い夕食をとったあと、二人は浜辺に出かけ、夕焼けを眺めながら砂浜に横たわった。

ファルコはローラの手を取ってキスした。「どんな幸運だったんだい？　説明してくれ。どうして君はあのフラットに住むことになったんだ？」

ファルコが抱き寄せたので、ローラは彼に顔をすり寄せるようにして話し出した。

「ミセス・ハミルトンのことを覚えているかしら？　私の両親の家の隣に住んでいた老婦人よ」

「もちろん覚えているよ。少なくとも、君から聞いた覚えはある。彼女の買い物とかを君がやってあげていたんだろう」

「そんなことまで覚えているのね！」

「君のことなら全部覚えているよ」ファルコはローラの鼻にキスした。「さあ、続きを話してくれ」

「そのミセス・ハミルトンにはお姉さんが一人いたの。夫を亡くした裕福な女性でロンドンのセント・ジョンズ・ウッドのフラットに住んでいたのね。私はミセス・ハミルトンにお姉さんがいたなんて知らなかった、その女性が亡くなるまで。あなたが仕事でブリュッセルに行っていた間のことだったわ……」

ローラは口ごもった。寒けがした。ファルコが強く抱き締めると、ローラはようやく先を続けた。

「お姉さんは遺産として、そのフラットや財産をミセス・ハミルトンに残したの。そして、私がインテリアデザイナーになりたいという夢を持っていることを知っていたミセス・ハミルトンが、そのフラットを改装する仕事を私に依頼してくれたのよ」ローラは大きく息を吸った。ここから先はつらい話になる。「そのころ、私はあなたのお父様から非情な要求を突きつけられて、ソリハルから出ていくように言われたの。ミセス・ハミルトンの依頼は理想的なチャンスに思えたわ。ほかに行くところもなかったから、私はその仕事を引き受けることにしたの」それであのセント・ジョンズ・ウッドのフラットにいたのよ」

ファルコはローラの髪をそっとなでた。「そんな単純なことだったのか。僕にわかってさえいたら」

「わかるはずはないわ。私は話さなかったし、両親にも黙っているよう頼んだから。もし両親があなたに事情を話したら、父の立場が悪くなるに決まっていたわ」ローラはため息をついた。「あのセント・ジョンズ・ウッドのフラットの仕事は、幸運というより不運だったのかもしれないと思うときがあるわ。あなたが、もっと質素なフラットに住んでいる私を見つけていたら、私がお金を受け取ったなんて話も信じなかったでしょうし、私たちは別れずにすんだかもしれない」

「君は僕の父親を甘く見ていると思うな」ファルコは沈んだ表情で頭を振った。「そうなっていたら、父はまったく別のシナリオを考えていただろう。いずれにしても僕たちが別れなければならないような話をでっち上げたと思うよ。父のことはもういい」ファルコはローラの顎を持ち上げてキスした。「セント・ジョンズ・ウッドのフラットのことを話してくれ。それが、君の仕事の出発点になったんだろう?」

ローラはうなずいた。「そのことで嘘をついたわ。私は自分がインテリアデザイナーだということを宣伝して最初の仕事を手に入れたと話したわね。でも実際は、隣のフラットに住んでいた女性が、私が改装したミセス・ハミルトンの部屋を見て、すぐに自分の部屋の改装を私に依頼してきたの。それからは、とても順調に仕事が回ってきた。その女性の友達がみんな私に依頼してきたのよ」

ファルコは笑ってローラにキスした。「次はいよいよバッキンガム宮殿だ! いつかそれが本当になっても、僕は驚かないよ」

ファルコの両腕に包まれるのはすばらしかった。ローラは彼の肩に顔をうずめた。こんな幸福があるということをずっと忘れていた。

ローラは顔を上げて、ファルコの目を見つめた。

「でも、重要なことから始めなくては。私には別荘の仕事があるわ。あなたがほかのインテリアデザイナーを探すつもりなら別だけど?」

「いや、そんな気はなくなった」ファルコは声を出して笑い、それから真剣な表情になった。「その仕事は君にやってもらうよ……君は夫と娘に監視されながら、最高の仕事をすることになるだろうな」

二人が見つめ合っていると、太陽が沈み、水平線にただ一筋の赤い光が残るだけになった。

二人はそれに気づかなかった。お互いのことしか見えなかった。

「でも、その前に……。君を別荘に連れて帰りたい。君を愛したい。取り戻さなければならないものがとてもたくさんあるんだ」

「だったら、行きましょう。何をぐずぐずしてるの?」ローラが幸せそうにほほ笑むと、ファルコは立ち上がって彼女を引っ張り上げた。ローラはファルコの首に両腕を回し、爪先立って左目の隅にある小さな黒いほくろにキスした。

自分を包んでいる幸福感とファルコの瞳の奥に輝いている幸福感がローラの涙を誘った。

夜空には星がまたたき始め、青白い月が輝いている。二人の前途に広がる喜びと充足を予兆するかのようだった。ローラが体を寄せると、ファルコは彼女の肩を抱き、二人はまだぬくもりの残る砂を踏みながら別荘に戻っていった。二人だけの愛の夜に向かって……。

●本書は、1995年3月に小社より刊行された作品を文庫化したものです。

あなたに言えたら
2023年12月1日発行　第1刷

著　者　ステファニー・ハワード

訳　者　杉　和恵（すぎ　かずえ）

発行人　鈴木幸辰

発行所　株式会社ハーパーコリンズ・ジャパン
東京都千代田区大手町1-5-1
03-6269-2883（営業）
0570-008091（読者サービス係）

印刷・製本　中央精版印刷株式会社

 ISBN978-4-596-52904-6

11月24日発売

ハーレクイン・シリーズ 12月5日刊

ハーレクイン・ロマンス

愛の激しさを知る

家政婦がシンデレラになる夜 アビー・グリーン／児玉みずうみ 訳

シチリア富豪の麗しき生け贄 ケイトリン・クルーズ／雪美月志音 訳
《純潔のシンデレラ》

偽りの復縁 シャンテル・ショー／柿原日出子 訳
《伝説の名作選》

イヴの純潔 キム・ローレンス／吉村エナ 訳
《伝説の名作選》

ハーレクイン・イマージュ

ピュアな思いに満たされる

三人のホワイトクリスマス ジェニファー・テイラー／泉　智子 訳

初恋の夢のあとで マーガレット・ウェイ／山本みと 訳
《至福の名作選》

ハーレクイン・マスターピース

世界に愛された作家たち
～永久不滅の銘作コレクション～

恋をするのが怖い ペニー・ジョーダン／槙　由子 訳
《特選ペニー・ジョーダン》

ハーレクイン・ヒストリカル・スペシャル

華やかなりし時代へ誘う

公爵に恋した身代わり花嫁 エヴァ・シェパード／高山　恵 訳

ハイランドの白き花嫁 テリー・ブリズビン／すずきいづみ 訳

ハーレクイン・プレゼンツ作家シリーズ別冊

魅惑のテーマが光る極上セレクション

愛は脅迫に似て ヘレン・ビアンチン／萩原ちさと 訳

ハーレクイン文庫

「身代わりのシンデレラ」

エマ・ダーシー／ 柿沼摩耶　訳

自動車事故に遭ったジェニーは、同乗して亡くなった友人と取り違えられ、友人の身内のイタリア大富豪ダンテに連れ去られる。彼の狙いを知らぬまま美しく変身すると…？

「条件つきの結婚」

リン・グレアム／ 槙　由子　訳

大富豪セザリオの屋敷で働く父が窃盗に関与したと知って赦しを請うたジェシカは、彼から条件つきの結婚を迫られる。「子作りに同意すれば、2 年以内に解放してやろう」

「非情なプロポーズ」

キャサリン・スペンサー ／ 春野ひろこ　訳

ステファニーは息子と訪れた避暑地で、10 年前に純潔を捧げた元恋人の大富豪マテオと思いがけず再会。実は家族にさえ秘密にしていた──彼が息子の父親であることを！

「ハロー、マイ・ラヴ」

ジェシカ・スティール／ 田村たつ子　訳

パーティになじめず逃れた寝室で眠り込んだホイットニー。目覚めると隣に肌もあらわな大富豪スローンが！　関係を誤解され婚約破棄となった彼のフィアンセ役を命じられ…。

「結婚という名の悲劇」

サラ・モーガン／ 新井ひろみ　訳

3 年前フィアはイタリア人実業家サントと一夜を共にし、妊娠した。息子の存在を知った彼の脅しのような求婚は屈辱だったが、フィアは今も彼に惹かれていた。

「涙は真珠のように」

シャロン・サラ／ 青山　梢　他　訳

癒やしの作家 S・サラの豪華短編集！　記憶障害と白昼夢に悩まされるヒロインとイタリア系刑事ヒーローの純愛と、10 年前に引き裂かれた若き恋人たちの再会の物語。